LA CAGE DE LONDRES

Un siècle après la Guerre des mondes

DU MÊME AUTEUR

Le Paradis perdu. Roman jeunesse.
Saint-Lambert : Héritage, 1991.

Enquête sur la falaise. Roman jeunesse.
Waterloo : Michel Quintin, 1992.

Mystère aux Îles-de-la-Madeleine. Roman jeunesse.
Waterloo : Michel Quintin, 1992.

Destinées. Recueil jeunesse.
Saint-Lambert : Héritage, 1993.

Mystère et boule de poil. Roman jeunesse.
Saint-Lambert : Héritage, 1995.

L'Odyssée du Pénélope. Roman jeunesse.
Saint-Lambert : Héritage, 1997.

Opération papillon. Roman jeunesse.
Saint-Laurent : Pierre Tisseyre, 1999.

Le Monstre du lac Champlain. Roman jeunesse.
Saint-Laurent : Pierre Tisseyre, 2000.

Les Visiteurs des ténèbres. Roman jeunesse.
Saint-Laurent : Pierre Tisseyre, 2001.

La Cage de Londres

Un siècle après la Guerre des mondes

Jean-Pierre Guillet

ALIRE

Illustration de couverture
JACQUES LAMONTAGNE

Illustrations intérieures
BERNARD DUCHESNE & L'AUTEUR

Photographie
Cégep Saint-Jean-sur-Richelieu

Diffusion et distribution pour le Canada
Québec Livres
2185, autoroute des Laurentides, Laval (Québec) H7S 1Z6
Tél. : 450-687-1210   Fax : 450-687-1331

Diffusion et distribution pour la France
D.E.Q.   (Diffusion de l'Édition Québécoise)
30, rue Gay Lussac, 75005 Paris
Tél. : 01.43.54.49.02   Fax : 01.43.54.39.15
Courriel : liquebec@noos.fr

Pour toute information supplémentaire
LES ÉDITIONS ALIRE INC.
C. P. 67, Succ. B, Québec (Qc) Canada G1K 7A1
Tél. : 418-835-4441   Fax : 418-838-4443
Courriel : alire@alire.com
Internet : www.alire.com

Les Éditions Alire inc. bénéficient des programmes d'aide à l'édition de la
Société de développement des entreprises culturelles du Québec (SODEC),
du Conseil des Arts du Canada (CAC) et reconnaissent l'aide financière du
gouvernement du Canada par l'entremise du Programme d'aide au développement de l'industrie de l'édition (PADIÉ) pour leurs activités d'édition.
Gouvernement du Québec – Programme de crédit d'impôt pour l'édition
de livres – Gestion Sodec.

Dépôt légal : 1er trimestre 2003
Bibliothèque nationale du Québec
Bibliothèque nationale du Canada

TABLE DES MATIÈRES

Illustrations

« No one would have believed in the last years of the nineteenth century that this world was being watched keenly and closely [...] Yet across the gulf of space, minds that are to our minds as ours are to those of the beasts that perish, intellects vast and cool and unsympathetic, regarded this earth with envious eyes, and surely and slowly drew their plans against us. And early in the twentieth century came the great disillusionment »

H.-G. Wells, *The War of the Worlds* (1898)

... et au début du XXIe siècle,
leur objectif était atteint.

LIVRE PREMIER

Contacts

I

Le prélèvement

Dans le deuxième cercle d'Oxford, la procession des jeunes gens s'ébranle. Ils s'apprêtent nerveusement à comparaître devant un maître pour leur premier prélèvement sanguin.

Garçons et filles sont nus, comme la plupart des occupants de la vaste enceinte bétonnée. Mais leurs longs cheveux ont été savamment tressés par leurs mères en arabesques complexes pour la cérémonie rituelle. Quand ils ressortiront de la chapelle du sacrifice, leur crâne sera rasé. Leurs aisselles et leurs organes génitaux seront aussi proprement épilés, de même que la poitrine et le visage des garçons. Ce sera bien. Les adolescents ont un peu honte de ces poils inesthétiques qui envahissent depuis peu leur corps juvénile.

Les jeunes gens s'avancent en deux files à angle droit l'une de l'autre, garçons d'un côté, filles de l'autre. Dans chaque file, on les a soigneusement classés par ordre de grandeur, les plus petits ouvrant la marche. Arrivés au centre de la salle circulaire, les jeunes des deux sexes obliquent côte à côte vers le mur où s'ouvre la chapelle de prélèvement.

George, un garçon de taille moyenne au milieu de la procession, lève brièvement les yeux vers la file opposée, au moment d'arriver au centre.

«Zut, c'est Peg!» songe-t-il. George esquisse néanmoins un sourire poli. Mais il aurait préféré quelqu'un d'un peu plus… stimulant. Peg est une grosse fille aux traits quelconques. Quoique… en lorgnant ses seins et ses fesses proéminentes, le garçon sent tout de même un frémissement dans son sexe. Cette nuit, ils seront ensemble. C'est la tradition.

Depuis des mois, puis de plus en plus fréquemment dans les jours qui ont précédé le prélèvement, les jeunes ont comparé leur taille, pour tenter de deviner qui sera leur vis-à-vis. Mais ils étaient rarement tous réunis simultanément et, en cette période de leur vie, de brusques poussées de croissance changeaient constamment la donne. Sauf pour les extrêmes, on ne pouvait être sûr de rien, jusqu'à la mesure officielle au moment de se mettre en file, alors que garçons et filles étaient déjà séparés.

Peggy jette brièvement sur George un regard un peu hautain et bifurque à ses côtés vers la chapelle, en relevant le menton. Elle ne paie pas de mine, bien sûr, mais George lui-même n'est pas un Adonis : tout en nerfs mais guère de muscles, un vulgaire fils de conteuse… Le statut social de Peggy justifie les airs supérieurs qu'elle se donne. N'est-elle pas une des filles de Big Ben, le mâle dominant du cercle ? Évidemment, on ne peut jamais être tout à fait certain des liens de paternité à Oxford, mais dans leur cas la ressemblance est frappante et sa mère a longtemps été une des favorites du dominant.

Rex, un gros garçon au teint rougeaud qui précède George, se retourne brièvement et lui laboure les côtes d'un coup de coude familier, avec un clin d'œil entendu.

— T'as intérêt à bien performer si tu veux impressionner la fille de Ben, Geo! Moi, je serai avec Sue, c'est bien !

— Ah, là, là ! elle renifle et elle ronfle, mon pauvre vieux ! persifle George.

La plupart des jeunes gens se connaissent déjà intimement. Depuis toujours, ils voient les adultes faire l'amour et jouent à les imiter. Mais ce soir, ce sera spécial. Ce sera la première fois en tant qu'adulte. Quand les seins des filles se mettent à grossir et qu'elles saignent d'elles-mêmes, avant le premier prélèvement, c'est le signal que le temps est venu pour tous, garçons et filles nés à la même époque, d'être initiés.

Un acolyte qui supervise la procession s'approche de Rex et de Geo en fronçant les sourcils. Les chuchotements cessent aussitôt et les deux compères affichent un air recueilli. L'heure n'est plus à la rigolade.

Les boutades, les pensées libidineuses, c'est un dérivatif à la tension. Mais au fur et à mesure qu'ils s'approchent de la chapelle, les jeunes gens deviennent de plus en plus nerveux, anxieux. Dans quelques instants, certains d'entre eux se retrouveront au ciel.

La portion du mur derrière lequel se trouve la chapelle comporte deux accès, une entrée et une sortie. Une porte métallique, l'entrée, est surmontée d'une lampe grillagée jaunâtre. Quand la lampe vire au rouge, la lourde porte glisse brièvement sur elle-même. Les futurs initiés entrent à tour de rôle. Jaune… Rouge… Jaune… Le globe lumineux rythme la lente progression de la file.

Les jeunes gens ressortent par l'autre accès, un peu plus loin. Inconscients. Tous les yeux sont braqués sur la trappe qui s'ouvre quand un convoyeur laisse retomber le corps. Chaque fois, des murmures courent dans l'assistance. Des actions de grâce. Ou des jurons et des sanglots étouffés quand la trappe reste close. Car ils ne reviennent pas tous.

Sous la lampe grillagée se tient un gros homme qui psalmodie une mélopée à chaque signal rouge, mélopée reprise en chœur par les futurs initiés. Une sorte de plainte sourde qui monte des entrailles et roule dans la gorge : «Ouuuuuulll… lah! Ouuuuuulll… lah!» Ces deux syllabes imitent – très approximativement – l'appel des maîtres. Mais nul homme ou femme ne peut vraiment reproduire ce sifflement inhumain.

L'homme sous la lampe se nomme Herbert, le prefesseur Herbert (contraction des vocables archaïques prêtre et professeur, fonctions aujourd'hui fusionnées). Le prefesseur et ses acolytes, hommes et femmes adultes rasés comme lui, ont préparé les futurs initiés, réglé les détails de la cérémonie rituelle, ordonné les tailles dans la file. Ils font réciter les mantras censés apporter la sérénité aux âmes inquiètes et recueillent les corps inconscients des nouveaux initiés.

L'alternance des garçons et des filles dans la chapelle, leur rencontre rituelle le soir même, est-ce une règle des maîtres? George, toujours curieux, toujours le premier à soulever des questions, l'a demandé au prefesseur Herbert, ce matin même. L'autre a haussé les épaules. «C'est la tradition», a-t-il répondu. Le pref n'aime pas les questions. La tradition explique tout, pour les prefesseurs. Mais qui a édicté ces traditions que suivent aveuglément les humains? rumine George.

Le prefesseur Herbert n'est pas totalement nu, contrairement aux autres. Il porte un mince anneau de paille rouge autour du cou, signe de son rang important. Le pref tente toujours de se composer un air noble et une démarche digne, mais son visage bouffi et sa grosse bedaine suscitent en catimini les railleries. C'est un homme d'âge mur, qui arbore fièrement aux bras et aux jambes ses multiples cicatrices de prélèvement.

Cent trente-deux cicatrices, a-t-il déclaré fièrement aux élèves lors de la cérémonie préparatoire à l'initiation. Une pour chaque cycle de soixante-quatre jours. C'est la façon la plus commode de déterminer l'âge d'un homme. Un cycle représente l'intervalle de temps entre les prélèvements réguliers effectués à tour de rôle sur chaque groupe d'âge adulte.

Les femmes, quant à elles, portent moins de cicatrices. Tandis que les mâles doivent sacrifier au cérémonial toute leur vie, leurs compagnes en sont exemptées dès qu'elles portent des petits ou les allaitent.

Rouge… jaune… La file avance lentement, inexorablement. George s'est promis qu'il serait brave, le moment venu. Et voilà qu'à l'approche du moment fatidique il sent son cœur s'emballer, échapper à tout contrôle de sa volonté. Il est en sueur, malgré la fraîcheur qui règne dans l'enceinte de béton.

Pour trouver la paix, le garçon essaie de se concentrer sur les mantras. Certains prefesseurs, après des années de méditation, entrent parfois en transe au moment de leur prélèvement. Il paraît que les maîtres entrent ainsi en communication télépathique avec eux, sous forme de visions que les prefesseurs interprètent pour leurs ouailles.

Les maîtres sont bienveillants, répètent toujours le pref et ses acolytes. Ils ont apporté le bonheur à l'humanité. George veut bien les croire. Pourtant les gens s'écartent précipitamment, quand les maîtres viennent nettoyer les lieux. Et ce matin, George a vu l'inquiétude dans les yeux d'Ann, sa mère, quand il a rejoint les autres jeunes gens pour la cérémonie. Au premier rang de la populace, les mères suivent anxieusement le déroulement de la procession.

— Et si… si notre sang n'était pas bon, Geo? chuchote nerveusement Rex.

Rex connaît la réponse, bien sûr. Tout le monde la connaît. Seule l'angoisse le pousse à poser cette question absurde.

Geo, ironique, chantonne entre ses dents le psaume obsédant des offices préparatoires : «Sans sang, s'en va au ciel, c'est l'essentiel, allélouuuuulll… lah!».

L'initiation est une étape cruciale de sélection. Environ un jeune sur dix ne revient pas. Ensuite, même s'ils doivent se soumettre aux prélèvements réguliers, les survivants peuvent espérer atteindre sans encombre l'âge mûr comme leur prefesseur.

«Bienheureux ceux d'entre vous qui resterez dans la chapelle», a déclaré le prefesseur Herbert. «Ce sont des élus, choisis pour rejoindre avant les autres le royaume des maîtres. Aller au ciel, c'est l'essentiel! Tous nous nous y retrouverons un jour, sur un pied d'égalité avec les maîtres, pour jouir du repos et de la paix éternels quand notre heure sera venue. Ayez la foi!»

Le prefesseur et ses acolytes ont souvent de ces expressions bizarres. Qu'est-ce que c'est, une «heure»? Et surtout… où est-ce donc, le ciel? «Quelque part… là-haut», répond vaguement le pref quand on lui pose la question. «C'est un mystère.» Dans les vastes salles de béton, pourtant, il n'y a au-dessus de leur tête que des luminaires grillagés qui s'allument et s'atténuent alternativement, selon un rythme immuable, définissant les «jours» et les «nuits».

Les jeunes s'efforcent donc d'avoir la foi, comme on le leur inculque depuis toujours. Sauf quelques mystiques, toutefois, bien peu sont pressés d'affronter l'inconnu.

C'est au tour de Rex. Déjà! George voit la sueur perler dans le dos de son camarade, ses jambes flageoler.

— Bonne chance, vieux, souffle George. À ce soir. Pense à Sue.

Lumière rouge. «Ouuuuuulll… lah!» fait le prefesseur. «Ouuuuuulll… lah!» reprend la procession derrière George. La porte métallique s'entrouvre. Rex reste figé sur place.

Le prefesseur jette nerveusement un coup d'œil au plafond. Dans une alcôve protégée par un grillage, derrière un verre translucide, s'agite vaguement une ombre. L'ombre d'un maître qui veille. Partout, toujours, les humains vivent sous le regard attentif des Seigneurs.

— Allez, Rex, c'est à ton tour, lance le prefesseur d'une voix pressante. Entre!

Rex gémit misérablement et se dandine d'un pied sur l'autre, tremblant de tout son corps. À ses côtés, Sue baisse les yeux, gênée.

Un tube noir sort d'un interstice contigu à l'alcôve du maître. Le prefesseur Herbert lance un regard impérieux à un de ses acolytes. Celui-ci pousse sans ménagement le disciple récalcitrant à l'intérieur de la chapelle. La porte se referme sur lui.

Jaune. Le temps se fige. George sent son cœur se débattre comme une bête prise au piège dans sa poitrine. Sa mâchoire, son cou se crispent. Une vague de picotements engourdit ses bras et ses jambes. Va-t-il se couvrir de ridicule comme Rex?

— Tiens, bois lentement, dit un acolyte en portant un boyau à ses lèvres.

Un mince filet d'eau s'écoule d'un tuyau qui pend du plafond et ruisselle par des dalots jusqu'à une grille d'égouttement. Il est recommandé de boire le plus d'eau possible avant le prélèvement sanguin. De plus, l'eau de la chapelle a un goût particulier, légèrement acidulé. Elle apaise les appréhensions, à ce qu'on dit.

George avale de travers, manque de s'étouffer, crache et toussote, malgré tous ses efforts pour se maîtriser. Dans la file d'à côté, Peggy soupire, un long soupir sonore et désapprobateur.

Rouge. Au tour de Sue, file de gauche.

Un bruit sourd : la trappe s'ouvre, un peu plus loin. George étire anxieusement le cou pour voir si... Oui, c'est le corps de Rex, affalé sur le convoyeur. Il a passé l'épreuve !

Rouge ! Le globe jaune au-dessus de la porte translucide a viré au rouge, avec un crépitement sec qui claque comme un coup de poing dans le ventre de George. La porte s'entrouvre sur une pièce sombre.

George prend une grande respiration. Non, on n'aura pas à le pousser comme un enfant. Il devient un homme, aujourd'hui. Il se tourne vers Peggy et la salue courtoisement d'un bref signe de tête.

« À cette nuit, ma dame ! » lance-t-il.

George redresse la tête et pénètre d'un pas résolu à l'intérieur de la chapelle où officie un maître.

Un Seigneur venu du ciel. Un des maîtres inhumains de Londres.

◆

La porte métallique se referme derrière George. Il se retrouve dans une pièce sombre, éclairée de lueurs verdâtres ici et là. Il y fait encore plus frais que dans les quartiers réservés aux humains. Une odeur légèrement piquante flotte dans l'air : celle de l'onction sacrée qui imprègne toujours les adultes quand ils reviennent du prélèvement. En arrière-plan, on distingue aussi un arôme plus ténu, agréable, presque appétissant. Serait-ce le maître qui sent bon ainsi ?

Un déclic, un ronronnement... un appendice métallique se déroule vers le garçon. Un dispositif prévu pour saisir les indécis et les amener au maître, leur a expliqué le professeur.

George se hâte d'avancer. Pas besoin de l'entraîner. Il saura se montrer digne. Il a peur, bien sûr. Mais en même temps, dans ce lieu sacré où il ne peut plus reculer, une sorte de sérénité vient recouvrir et sublimer sa peur. Ici, il se trouve isolé de la grouillante populace humaine pour la première fois de sa vie. Ici, il est seul avec le maître. La peur et les doutes de l'extérieur n'ont plus leur place. George sent monter en lui une bouffée d'exaltation teintée de ferveur mystique. Si c'est là l'effet euphorisant de l'eau acidulée bue à l'entrée, il n'a plus l'esprit assez clair pour y songer.

Le prefesseur leur a recommandé de garder le dos voûté, en signe de respect. George s'incline donc en s'avançant, mais il ose tout de même relever la tête. Il regardera son maître en face. Pour lui prouver sa valeur, lui montrer comment il se prête dignement au sacrifice de son sang !

Le jeune homme se trouve devant un banc métallique. *« Oulla ! »* lance une forme dans la pénombre, derrière le banc. Un cri incisif, une sorte de sifflement qu'aucun gosier humain ne saurait produire.

Devant George, se dresse un des Seigneurs de Londres.

Bien entendu, George a déjà entrevu les maîtres à l'occasion, lorsqu'ils nettoient et entretiennent les quartiers humains. Mais jamais, depuis sa naissance, George ne s'est trouvé si près de l'un d'eux. Jamais un maître ne l'a ainsi fixé directement de ses yeux énormes. Deux grands disques sombres, à la fois supérieurement intelligents et… totalement énigmatiques.

Les maîtres sont bien tels que les a décrits en premier le prophète Wells, jadis. Leur face arrondie (ou leur corps, puisqu'une telle distinction n'existe pas chez eux) palpite constamment au rythme d'une respiration haletante. Leur corps gris-brun, aux reflets huileux, est de taille comparable à un homme de haute stature, en plus massif. Une sorte de bec en V leur tient lieu de bouche, tandis qu'un orifice tympanique à l'arrière fait office d'oreille. Ils n'émettent que de rares siffle- ments, peu variés (et communiquent peut-être entre eux par télépathie, selon le prophète). Sous la bouche, deux faisceaux de huit tentacules, très mobiles, rem- placent avantageusement les mains. De près, ils dégagent une forte odeur d'onction sacrée.

Ce maître-ci a quelque chose de particulier, cepen- dant. Une excroissance sur le côté, comme une tumeur munie de fins tentacules. Cela, c'est plus rare : un bébé ! George n'en a jamais vu lui-même, mais sa mère lui a expliqué que les petits Seigneurs poussent comme ça sur leurs parents.

Près du maître, George entrevoit de grands bacs, des serpentins translucides dans lesquels coule un liquide rougeâtre – du sang ! – des tapis roulants qui se perdent dans la pénombre… Tout cela en un fugace instant. Car déjà le maître agite impatiemment un tentacule, enroulé autour d'un tube noir. Un tube à chaleur.

George se hâte de s'étendre sur le banc, comme le prefesseur le leur a appris, réprimant un frisson au contact froid du métal sur sa peau nue. Il se force à res- pirer lentement, à décrisper ses poings et sa mâchoire. Se montrer digne, impressionner le maître par sa bra- voure, garder les yeux ouverts…

Le maître se penche sur lui. Le cœur de George bat la chamade. Un tentacule aussi froid que le banc métallique se pose sur sa chair. George frémit. Le Seigneur du ciel le touche ! Le tentacule enserre son bras si fermement que George sent ses doigts s'en- gourdir. Le sang palpite dans ses tempes. George frissonne, de peur ou d'extase, il ne saurait le dire.

C'est alors, à la grande surprise du jeune garçon, que la tumeur – le bébé ! – ouvre les yeux.

◆

Le Bourgeon ouvrit les yeux.

Depuis plusieurs stades déjà, il croissait. Le fluide vital puisé sur son aîné le nourrissait et l'instruisait à la fois. Il avait déjà absorbé, à travers les solutés organiques complexes, l'ensemble des connaissances accumulées depuis des millénaires par le Clone drocre. Depuis les lointaines origines au sein des canyons majestueux de leur monde souche, Rocre, jusqu'aux sauts épiques dans les gouffres de l'espace vers le Troisième monde.

Le Bourgeon savait déjà tout du passé. Il lui manquait encore l'expérience du présent… et la sagesse. Il était impatient. Il sentait son aîné s'activer. Il devinait plus ou moins les gestes que le Technicien accomplissait méthodiquement. Les subtiles fluctuations chimiques des fluides internes le renseignaient sur le rôle de ces gestes. Mais le Bourgeon avait hâte de voir le monde par lui-même.

Enfin, le Technicien évalua que son Bourgeon était assez développé pour assister à l'opération. Des enzymes sécrétées au sein du fluide vital clarifièrent sa membrane oculaire. Enfin, le Bourgeon put ouvrir les yeux.

C'était tellement excitant ! Il y avait un animal étranger juste là, devant lui. Une des bêtes du troupeau. Il fallait la tondre, la traire… Le Bourgeon parcourut vivement du regard la salle de traite, les appareils d'embouteillage, les réactifs de contrôle de qualité… c'était extraordinaire de voir par lui-même ces objets qui jusqu'ici n'étaient pour le Bourgeon que des empreintes chimiques de la mémoire clonale.

Le Bourgeon scruta l'animal. Un être pitoyable, pâlot, d'aspect fragile. Seulement quatre appendices, ou ce qui en tenait lieu. De petits yeux qui le regardaient. Que pouvait bien ressentir un tel animal ? Pouvait-il… penser ? Le savoir clonal inné indiquait que ces animaux du Troisième monde avaient une certaine vie sociale, même si leur intelligence était très limitée.

Le Bourgeon, qui était curieux et impulsif et fier de connaître enfin le monde, agita un appendice et émit quelques sifflements en direction de l'animal, tout doucement, pour ne pas l'effrayer. Les yeux de l'animal s'arrondirent. Son orifice buccal s'ouvrit, émit à son tour des sons, des borborygmes insignifiants.

« Oulla ! » Le Technicien aîné siffla la fin de la récréation. Sa membrane postérieure palpita, faisant vibrer l'air jusqu'au Bourgeon :

« Au travail ! Observe bien ! Apprends ! » disaient les lentes pulsations, déformées par la lourde atmosphère du Troisième monde.

Le Bourgeon lui-même s'exprimait encore par onomatopées. Il ne contrôlait pas adéquatement sa fine membrane cervicale. Cet organe complexe, à la fois émetteur et récepteur, produisait des infrasons et percevait une vaste gamme de fréquences sonores. Quant au bétail, apparemment son ouïe peu développée ne lui permettait d'entendre que les sifflements respiratoires des drocres.

Le Technicien prit une pipette à l'extrémité acérée. Maintenant fermement l'animal, il enfonça l'instrument dans un de ses appendices. La bête cria et grimaça. Le lait rouge emplit la pipette, passa dans les tubulures, alla se déverser dans un bécher.

L'animal cessa de crier très vite et ferma les yeux. Il était encore plus pâle qu'avant. Le Technicien le palpa doucement. À travers son aîné, le Bourgeon sentit la respiration de la bête inconsciente, faible mais régulière.

Le Technicien saisit une fiole contenant des anticorps et en versa quelques gouttes dans le lait rouge contenu dans le bécher. Pas de réaction. Le liquide gardait sa belle couleur rouge appétissante. Il n'était pas contaminé par des micro-organismes pathogènes. Ensuite le Technicien utilisa divers autres réactifs, pour vérifier si les concentrations d'éléments nutritifs étaient satisfaisantes. Les caractéristiques physico-chimiques étaient un peu basses, mais restaient tout de même dans les normes.

L'animal, un juvénile, en était à sa première traite. Le Technicien le palpa minutieusement pour vérifier s'il était sain. Les bêtes malformées ou trop chétives devaient être élaguées du troupeau. Mais celui-ci était acceptable, bien qu'un peu efflanqué. Le Technicien appliqua consciencieusement une crème désinfectante et un jet épilatoire sur tout le corps de l'animal. Un animal au cuir lisse et propre était moins susceptible de loger des parasites. C'était aussi plus esthétique.

Le Technicien actionna un levier. La plate-forme de traite s'inclina et l'animal glissa sur le convoyeur qui le ramènerait à son enclos.

Excité par toute cette opération, le Bourgeon cliqueta joyeusement du bec avec des stridulations aiguës. Son aîné, d'un sifflement sec, lui imposa silence. Il fit entrer le spécimen suivant du troupeau, une bête bien en chair, cette fois. Elle s'avança rapidement vers le banc, tête basse, et s'y étendit, crispée, les yeux fermés, son fin duvet hérissé sur son cuir.

« L'autre était un mâle ; celle-ci est une femelle », fit observer le Technicien.

De telles distinctions n'existant pas chez les drocres, le Bourgeon observa avec curiosité la différence.

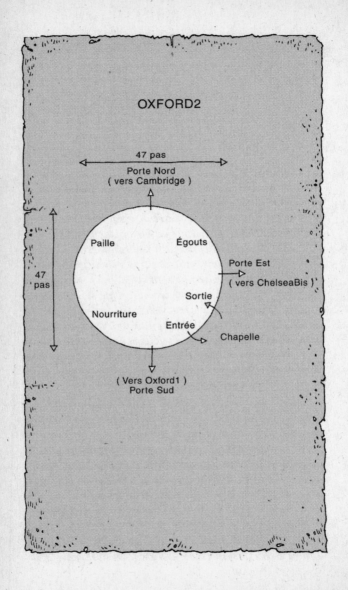

II

Le 2ᵉ cercle d'Oxford

BRRROOOOOM ! Un grondement s'insinue dans le crâne de George. Il tremble de tout son corps.

George ouvre les yeux en sursaut. Il veut se relever, mais ses membres refusent de lui obéir. Quelqu'un est penché sur lui, indistinct. Le maître ? A-t-il terminé le prélèvement ?

BRRrooooom… le grondement s'atténue. George cligne des yeux plusieurs fois, avant de reconnaître enfin ce visage familier aux yeux verts.

— Ne crains rien, Geo, ce sont les âmes qui s'en vont au ciel, dit la femme à la belle voix vibrante. Toi, ton sang est bon, mon grand !

C'est Ann, sa mère.

George la contemple avec des yeux effarés, pas tout à fait encore revenu à la réalité. À travers la paille rouge sur laquelle il repose, il sent encore la sourde vibration de la dalle de béton se communiquer à son corps. Les âmes… au ciel. C'est ainsi qu'on explique ces grondements occasionnels accompagnés de vibrations qu'on peut sentir dans les murs et le plancher. Mais le ciel n'est pas pour lui… du moins pas cette fois. Les maîtres soient loués !

— Le ciel peut attendre, vive le jour d'hui ! continue joyeusement Ann.

C'est un adage populaire, ici. Peu importe le passé de l'humanité, c'est une époque révolue. Et il n'y a rien de plus à attendre du futur. Seul compte le présent. Vivre aujourd'hui, un jour à la fois…

George contemple les luminaires du plafond, les murs circulaires. Autour de lui, d'autres jeunes initiés sont étendus sur des paillasses, plus ou moins éveillés. Rex, tout près, lève le pouce en signe de réussite, mais sa pâleur inhabituelle témoigne clairement du lourd tribut de sang versé, comme c'est leur cas à tous. La mère de Sue est au chevet de sa fille encore inconsciente. Des acolytes vont et viennent, portant de nouveaux initiés.

George prend une grande respiration, referme les yeux, rassuré. Il est de retour parmi ses semblables, dans son cercle natal, Oxford2. L'un des nombreux arrondissements de Londres.

Enfin George sent la force de soulever un bras, lourd comme du plomb. Il fixe la petite cicatrice rougeâtre qui marque son avant-bras ; tâte sa tête : rasée ; puis sa poitrine, son sexe… plus de poils. Sa peau sent l'onction sacrée. Un mince sourire étire ses lèvres. Ann le devance pour exprimer sa pensée :

— Te voilà devenu un homme, mon fils ! déclare-t-elle avec emphase.

George se raidit un peu quand Ann saisit son crâne rasé à deux mains pour y déposer un baiser sonore. Les manières démonstratives de sa mère l'agacent parfois.

— Alors, comment ça s'est passé, mon grand ? Raconte !

Ann demande cela par intérêt pour son fils, bien sûr. Mais aussi parce que c'est sa fonction de recueillir les informations et de les transmettre. Ann est une conteuse. Elle a remarqué tous les détails de la cérémonie. Quel garçon et quelle fille étaient appariés. Qui est revenu et qui est parti au ciel. Tenir la chronique des événements qui surviennent dans les différents quartiers, voilà le rôle des conteuses.

Ann sait tenir en haleine un auditoire par sa façon expressive de raconter. C'est un talent fort apprécié, dans un milieu où l'un des principaux défis consiste à meubler l'oisiveté. Ann forme aussi ses pupilles, des filles avec du bagout et de l'entregent, chez qui elle discerne le potentiel de devenir à leur tour des conteuses. Quelques-unes sont des orphelines dont elle a elle-même pris soin, quand leurs parents sont partis au ciel.

George essaie de remettre un peu d'ordre dans ses idées. La voix rauque, la bouche pâteuse, il lui raconte par bribes : la chapelle… le poinçon sacré sur son bras… beaucoup plus douloureux que le pref disait !… il y avait ce bébé… il a ouvert les yeux et a siffloté… gentiment, oui, il avait l'air gentil, il agitait un petit tentacule comme pour saluer… j'ai essayé de répondre… mes respects, petit Seigneur…

Ann l'écoute, les yeux brillants. On a déjà signalé ce bébé en développement à deux ou trois reprises lors de prélèvements précédents, à Oxford ou dans les arrondissements voisins. Cette fois, le petit maître communique avec son fils ! Quelle belle histoire !

— Je vais aller voir si d'autres ont aussi des anecdotes à raconter, dit-elle. Mais avant, hum… je dois te prévenir de quelque chose…

Au ton hésitant de sa voix, George devine aussitôt. Autour de lui, avec les autres initiés, il se rend compte qu'il n'a pas vu…

— Peg ? demande-t-il simplement.

Ann baisse les yeux et secoue la tête. Il n'y a rien d'autre à ajouter. Cela fait partie de la vie à Londres. Elle lui tapote le bras.

— Ça va aller, toi ? Un acolyte va venir…

Il fait signe que oui et elle se lève pour continuer sa collecte d'informations. George laisse retomber la tête sur sa couche, perdu dans des pensées confuses. Ainsi Peggy est partie au ciel. George est un peu honteux de se sentir… soulagé, en songeant aux manières hautaines et au physique ingrat de la fille, aux comparaisons déplaisantes qu'elle aurait pu faire par rapport aux attributs et aux performances de son père Ben… Certains disent que cela porte malheur, qu'une paire soit brisée au moment de l'initiation. D'autres au contraire assurent que c'est le signe de la vigueur du survivant. Quoi qu'il en soit, il y aura bien d'autres filles esseulées, ce soir…

Un acolyte s'approche de George, avec un peu d'eau dans ses mains jointes en forme de coupe. Assoiffé, le jeune homme boit goulûment. Un autre acolyte lui tend une pâte rosâtre, l'aliment de base à Londres. George en mâchonne un peu, mais il a le cœur au bord des lèvres.

George trouve tout de même assez de force pour s'asseoir en tailleur parmi ses camarades.

— Alors, c'était pas si terrible, fanfaronne-t-il à l'adresse de Rex, qui a repris un peu de couleurs.

Les jeunes gens échangent leurs impressions. Ils évoquent leurs compagnons disparus. La majorité sont revenus, heureusement, et les initiés sont fiers d'avoir passé l'épreuve.

Quand George mentionne le bébé maître, toutefois, on le regarde avec surprise. Bien peu ont osé lever les yeux. Encore moins ont remarqué le bébé. Mais George est un fils de conteuse, après tout, et les conteuses sont reconnues pour enjoliver parfois leurs histoires. George remarque le sourire en coin de son camarade Rex, incrédule.

— Le maître t'emporte ! fulmine-t-il.

Même si les conteuses sont populaires, elles manquent parfois de crédibilité et cela rejaillit sur George. Il en est souvent frustré. En fait, il songe à devenir acolyte, puis éventuellement prefesseur pour améliorer son statut à Oxford. L'autre façon de gagner de la considération, évidemment, c'est par la force brute. Mais George n'est pas taillé pour cela.

Irrité, George décide de se lever, pour aller boire, manger un peu plus et uriner. Il doit refaire ses forces pour la nuit qui vient. George refuse le soutien d'un acolyte et, bien qu'encore un peu chancelant, traverse fièrement Oxford2.

Des gens le saluent familièrement. Des voisins de paillasse, des cousins, des pupilles d'Ann accourent pour féliciter le nouvel initié. De jeunes poilus prépubères le regardent avec envie.

Le 2e cercle d'Oxford est une grande enceinte circulaire, où se pressent environ cent cinquante personnes, enfants, adolescents et adultes dans la force de l'âge. Trois arches dans le mur communiquent avec les compartiments voisins : au sud, le 1er cercle d'Oxford ; au nord, Cambridge ; à l'est, ChelseaBis. On désigne aussi ces larges salles bétonnées comme des « arrondissements » d'une vaste agglomération. En tout, trente-deux arrondissements similaires forment la grande cité de Londres.

Chaque enceinte circulaire a un diamètre de quarante-sept pas standards. Ce nombre a-t-il un sens profond, comme le prétendent des érudits de Cambridge (un nombre premier équivalant à cinq occurrences des dix doigts hormis une Trinité) ? Une chose est certaine, l'étalon de mesure avait de grands pieds ! Le pas standard correspond au triple de l'empreinte laissée par un mâle dominant qui vivait autrefois dans le « quartier » de Westminster, à l'autre bout de Londres. Comme tant d'autres, George est déjà allé avec sa mère comparer ses pas à la trace de cet ancêtre, soigneusement préservée et reproduite depuis des générations. L'organe en érection de ce mâle mythique avait la même taille, rapporte fièrement la conteuse de Westminster (mais Ann elle-même doute de cette prétention).

Dans tous les arrondissements de Londres, on retrouve les mêmes aménagements, bien que parfois orientés différemment. Dans le quadrant sud-est d'Oxford2, s'ouvre la chapelle de prélèvement ; au sud-ouest, se trouvent les distributeurs d'eau et de pâte ; au nord-est, les latrines ; au nord-ouest, le bac de paille.

George actionne un levier sur l'un des cylindres métalliques encastré au mur pour en tirer la pâte nutritive. Puis il lèche le mince tube accolé au cylindre pour en tirer de l'eau.

Il faut traverser toute la salle pour se rendre aux latrines, du côté opposé. On s'accroupit au-dessus d'une grille, au vu et au su de tous. Juste à côté, des boyaux pendant du plafond laissent échapper un filet d'eau continuel. George et les autres initiés ne se rinceront pas aujourd'hui, pour garder l'onction sacrée sur leur corps jusqu'à la nuit.

Si l'eau et la nourriture sont disponibles à volonté, les paillasses, cependant, sont une ressource limitée. Elles sont constituées d'une paille rouge assez friable, qui s'effrite en fins copeaux à la longue. En principe, il devrait y en avoir à peu près assez pour tout le monde. Cependant, les maîtres tardent parfois à apporter de la paille fraîche. « Pour mettre à l'épreuve votre foi », explique le professeur Herbert, en exhortant ses fidèles à la prière. En pratique, les puissants s'approprient davantage de paille et les plus humbles doivent se contenter d'une maigre paillasse, voire coucher à même le sol.

Les copeaux usés exsudent une poudre rouge que l'on frotte sur les murs pour y tracer des illustrations. La principale fresque, ici, représente un homme à la carrure imposante et au sexe proéminent, terrassant un rival : c'est Big Ben, le mâle dominant des deux cercles d'Oxford. On y trouve aussi des portraits des maîtres, de même que des représentations de créatures mythiques telles que lions, chiens ou dragons, représentant paraît-il la faune de Londres avant la Sainte Invasion ; ou des symboles plus ou moins ésotériques, cercle rayonnant, croissant, croix, lettres ou chiffres, dont seuls les prefesseurs prétendent connaître la signification.

Une paillasse propre et inhabituellement épaisse à été réservée aux nouveaux initiés. George revient s'y étendre avec satisfaction, épuisé par son bref déplacement.

Ann est là, qui fait parler les jeunes. Elle leur annonce aussi en primeur une nouvelle étonnante.

— Il y aura un spectacle très spécial à votre soirée d'initiés. Une prestation de Margie, la fameuse Exemptée de NorthGreenwich !

L'histoire de cette Margie circule dans tout Londres. Ann en a déjà parlé abondamment. Margie est une jeune fille très agile, une danseuse et une acrobate, capable de prouesses surprenantes. Récemment, elle a entrepris de parcourir la cité en faisant la démonstration de ses talents. Mais le plus incroyable, c'est qu'elle n'a pas été initiée. Ou, plutôt, elle en a été exemptée. C'est-à-dire que, le moment venu, elle a participé à la cérémonie rituelle dans son propre arrondissement de NorthGreenwich, elle a pénétré dans la chapelle, mais en est ressortie consciente, sans cicatrice et non rasée !

On prétend même qu'elle a fait l'amour avec son maître, un Seigneur vicieux et infirme. « Ce ne sont peut-être que des racontars », admet Ann... avec une mimique qui laisse entendre le contraire. « Mais le fait est qu'il l'observe parfois s'entraîner en personne, à NorthGreenwich ou ailleurs. »

La conteuse savoure son effet : sa nouvelle suscite une explosion de questions et de commentaires parmi les jeunes. Elle ajoute avoir entendu dire que le prefesseur Herbert était réticent à l'idée de ce spectacle. « Un accroc à la tradition, n'est-ce pas. » Mais des acolytes de NorthGreenwich sont venus aujourd'hui en émissaires à Oxford. Il paraît que la prefesseure de NorthGreenwich a eu une vision mystique, le fait que la jeune Margie soit exemptée du sacrifice du sang est un signe des maîtres, il faut l'accueillir avec bien-veillance. Herbert s'est finalement laissé convaincre.

Les jeunes gens sont excités à la perspective de cette soirée exceptionnelle. Les distractions ne sont pas si fréquentes, à Oxford2. Mais il doit d'abord y avoir une cérémonie religieuse destinée aux parents. Les jeunes initiés, encore trop faibles, en sont dis-pensés. Ils en profitent pour refaire leurs forces.

Il y a un va-et-vient continuel, dans la salle, jamais d'intimité réelle. Peu importe, George est habitué. Il s'étend et glisse presque aussitôt dans un demi-sommeil agité, conscient par intermittence de la célé-bration, non loin de sa couche. « Allélouuuuull... lah ! » entonne le prefesseur Herbert de sa voix de fausset. « Allélouuuuull... lah ! » reprennent des adultes rassem-blés devant lui au centre de la salle.

Monsieur Herbert fait un sermon. George l'entend ou le rêve à moitié. De toute façon, il connaît par cœur les phrases traditionnelles. Le sacrifice du sang, par lequel nos Seigneurs nous font renaître à la vie. Cette communion intime avec les forces vitales, qui nous purifie pour nous rendre dignes de leurs grâces. Les

Seigneurs veillent sur nous, jamais nous ne manquons de rien, depuis la Sainte Invasion…

L'histoire des origines fascine George depuis son plus jeune âge. En fait il y a plusieurs histoires, qui ne concordent pas toujours. Les légendes que racontent Ann et les autres conteuses le soir, avant la période de sommeil. Des histoires qu'elles se transmettent de mère en fille au fil des générations. Et l'Histoire officielle, telle qu'enseignée par les prefesseurs.

Ces portes ouvertes sur autrefois sont d'autant plus fascinantes qu'au quotidien on vit au jour le jour à Londres. Sauf lors des prélèvements, chaque journée coule plus ou moins semblable aux précédentes. Tandis que le passé regorge de concepts étranges, mystérieux, souvent incompréhensibles ! Des images extraordinaires se bousculent dans l'esprit à demi assoupi de George.

Autrefois, paraît-il, l'Humanité a vécu une longue période de purgatoire. Une période terrible. Les Londoniens connaissaient la souffrance, étaient victimes de pénibles maladies, devaient trouver eux-mêmes leur nourriture, devaient se vêtir (difficile à imaginer), construire des abris pour se protéger des éléments (encore plus bizarre… des écarts de température, de l'eau qui tombait du ciel, des éclairs et du tonnerre… quel monde inconcevable !)

Puis un prophète, Wells le visionnaire, a annoncé le premier la Sainte Invasion. Des sauveurs sont venus sur Terre (à ce propos règne une certaine confusion sur la signification du mot « Terre » ; on suppose généralement qu'il s'agit d'un autre nom pour Londres, bien qu'il existe aussi d'autres interprétations plus farfelues).

Les Seigneurs descendirent du ciel (où que cela puisse être !) dans leurs bolides de feu. Plus précisément, ils venaient d'une portion du ciel nommée

«Mars». Ils sillonnèrent la Terre à bord de grands chars tripodes, évoquant la trinité divine.

Les Londoniens qui n'acceptaient pas la grâce d'être sauvés périrent dans les feux de l'enfer. Les élus survivants furent conduits ici, un paradis où prospèrent leurs descendants encore aujourd'hui. Aucun souci, aucun effort à fournir. Seule condition, faire le sacrifice de son sang régulièrement aux nouveaux maîtres.

◆

— Des vampires !

Un cri arrache George à sa rêverie.

— Nos maîtres sont des vampires ! hurle quelqu'un.

Une femme s'agite dans l'assemblée au centre de la salle. Elle sanglote, vocifère, se tient la tête à deux mains. George ne distingue pas bien de qui il s'agit, à la distance où il se trouve.

— Ils boivent notre sang ! Le sang de nos enfants ! hurle de plus belle la femme.

Cette fois, George a reconnu sa voix. Il s'agit d'Emma, la mère de Peggy. Les gens autour d'elle regardent anxieusement au plafond. Comme toujours, l'ombre d'un maître s'agite dans l'alvéole translucide protégée par un grillage. Monsieur Herbert, interrompu dans son sermon, fait signe à deux acolytes, qui se hâtent de faire taire l'hystérique et de l'emmener à l'écart.

— Prions les maîtres dans leur sagesse de pardonner son manque de foi à notre pauvre consœur, reprend monsieur Herbert. Reprenez avec moi : Allélouuuuull… lah !

Mais l'assemblée, secouée par cet incident, manque de ferveur, malgré les vaillants efforts des acolytes pour soutenir vocalement leur maître. La cérémonie est écourtée.

Les jeunes initiés commentent l'incident avec un certain détachement. De tels esclandres surviennent parfois. Le fait d'être revenus indemnes de la chapelle procure à ces nouveaux adultes un certain sentiment de supériorité.

— C'est dommage pour Peg, dit George, mais son sang n'était pas bon.

— Ouais, appuie Rex, la vieille Emma devrait se faire à l'idée. C'est la vie !

À ce moment, un nouveau brouhaha interrompt les conversations. Un personnage imposant fait une entrée remarquée dans Oxford2.

III

Visiteurs

Une demi-douzaine d'hommes venant d'Oxford1 entrent par l'arche sud. La populace s'écarte, et ceux qui tardent trop à le faire sont repoussés sans ménagement. Les matamores, solidement bâtis, portent chacun un bracelet de paille rouge, signe de leur rang. En effet, les personnes les plus élevées dans la hiérarchie possèdent quelques objets, nattes ou ornements de paille. C'est un grand luxe. Les artisans doivent faire preuve de trésors de patience et de minutie pour tresser cette paille aux fibres courtes qui tendent à s'émietter.

— L'escorte personnelle de Big Ben, chuchote Rex.

Simple constatation, car tous les ont déjà reconnus, bien sûr. Derrière les fiers-à-bras, se profile un personnage hors du commun qui domine la foule : Big Ben, le mâle dominant des deux cercles d'Oxford. Il a ostensiblement attendu la fin de la cérémonie, pour bien se démarquer de la hiérarchie religieuse. Car lui détient le pouvoir temporel, bien réel.

Le colosse s'avance d'un pas assuré, balayant lentement les badauds du regard, d'un air de défi. Peggy lui ressemblait, mais les traits qui chez elle paraissaient lourds dégagent chez lui une forte impression de puissance. Les gens de sa génération ont subi leur propre prélèvement il y a déjà quelque temps, et presque tout son corps est couvert d'une repousse flamboyante de poils roux frisés. Il arbore ostensiblement un large bandeau de paille.

— Il vient vers nous ! glousse nerveusement Sue.

En effet, le dominant et son escorte se dirigent vers les nouveaux adultes. Big Ben affiche un large sourire qui découvre ses dents. Ce n'est pas toujours bon signe.

Les jeunes gens se lèvent précipitamment et courbent le dos.

— Bonjour, mes toutes belles, fait Big Ben de sa voix caverneuse à l'adresse des filles.

Il va de l'une à l'autre, le sourire enjôleur, la main baladeuse.

— Amusez-vous bien ce soir ! N'épuisez pas trop ces pauvres garçons. Soyez patientes, je viendrai bientôt personnellement rendre hommage à vos charmes.

Il effleure leurs seins, leurs fesses. Le droit de cuissage du dominant. La plupart des jeunes femmes baissent les yeux, intimidées. Certaines se raidissent, d'autres jouent les mijaurées.

Puis le colosse passe aux garçons, leur assène familièrement de vigoureuses claques dans le dos, des bourrades dans les côtes, fait des allusions grivoises à la nuit qui vient. George, encore affaibli, manque de s'affaler par terre quand vient son tour de recevoir une tape sur les épaules. Sous l'air jovial de Big Ben, perce un soupçon de menace. Car ces jeunes hommes sont de futurs rivaux potentiels.

À ce moment, le prefesseur Herbert s'avance, suivi de ses acolytes.

— Bonjour, Ben, c'est gentil d'être passé saluer nos nouveaux initiés. Comme tu vois, la grande majorité sont revenus. Nous les avons bien préparés. Une de tes filles, cependant, a connu l'honneur de partir pour le ciel, ajoute Herbert d'une voix doucereuse, un mince sourire aux lèvres.

Sous-entendu : « Son sang n'était pas bon, le sang de ton sang, grosse brute. » Les relations sont tendues à Oxford entre le pouvoir spirituel, représenté par Herbert, et le pouvoir temporel, aux mains de Ben.

Le dominant serre les poings, son visage s'empourpre légèrement sous l'injure camouflée. Est-il ému du sort de Peggy ? Probablement pas, il a une nombreuse progéniture (pour autant qu'on puisse en faire le décompte avec certitude) et ne se préoccupe guère des jeunes prépubères. Il s'avance d'un pas vers Herbert. Le grassouillet prefesseur frémit, ses acolytes s'agitent derrière lui.

Ben n'est pas reconnu pour sa ferveur religieuse, loin de là ! Tout ce qui compte, pour les gens de sa sorte, c'est de profiter au mieux de la vie ici-bas, avec les privilèges liés à la force. Le ciel peut attendre, vive le jour d'hui ! Mais il faut bien composer avec ces intellectuels, dont les sermons apportent un certain réconfort à la populace.

Contre toute attente, le colosse tend la main au prefesseur.

Herbert n'a d'autre choix que d'échanger une poignée de main avec le dominant. Les suivants de Ben rigolent doucement. Le pref grimace sous la pression qui écrase ses doigts, tandis que Ben le fixe droit dans les yeux sans ciller. Herbert, lentement, s'incline. Ben relâche la pression, avec un sourire satisfait.

Presque chaque arrondissement de Londres compte un prefesseur (sauf des endroits comme Crown's Pub ou Piçadilly, où on ne se préoccupe guère d'éducation ou de religion). Autrefois, les prefesseurs d'Oxford jouissaient d'un grand prestige. Oxford était réputée pour ses penseurs et l'activité intellectuelle qui y régnait. Puis, il y a plusieurs années, Ben est arrivé de Westminster, à l'autre bout de Londres. Sa lignée remonte, prétend-il, jusqu'à la légendaire Victoria, une dominante d'avant la Sainte Invasion. Le jeune colosse a rapidement fait sa place, à la force des poings, et depuis lors le climat n'a plus jamais été le même à Oxford. Désormais, les érudits ont plutôt tendance à se regrouper à Cambridge.

Juste comme le prefesseur Herbert retire sa main endolorie, quelqu'un arrive précipitamment. Ben, toujours aux aguets, se retourne vivement. Mais se détend aussitôt en reconnaissant Ann, la conteuse. Il lorgne la poitrine généreuse, les larges hanches… et une lueur s'allume dans son regard émoustillé. Il a souvent écouté avec plaisir la chroniqueuse. Et apprécié avec plaisir aussi d'autres talents plus intimes à l'occasion.

Mais le visage d'Ann, complètement défait, coupe court à toute pensée lubrique chez Ben.

— Quoi ? demande-t-il aussitôt. Parle, conteuse !

Ann prend le temps de s'incliner devant le dominant, à la satisfaction de celui-ci.

— C'est… Emma, annonce Ann d'une voix émue.

Elle raconte brièvement l'incident survenu lors de la cérémonie d'action de grâce, ponctuant ses explications de larges gestes et d'éclats de voix qui captent l'attention de ses auditeurs. Elle excelle tout naturellement dans son rôle de conteuse.

— Deux acolytes, Nigel et John, ont amené la pauvre Emma à l'écart, près du mur le plus éloigné de la chapelle. Là, comme elle semblait se calmer un peu, les acolytes ont détourné leur attention d'Emma un instant pour essayer de suivre la cérémonie de loin. C'est alors que la malheureuse a levé les yeux vers l'alcôve des maîtres. Au dire des témoins de la scène, elle a crié : « Vous voulez notre sang, vampires ! Le voilà ! » Et alors… elle s'est frappé violemment

la tête contre le mur, trop rapidement pour que qui-
conque puisse l'en empêcher !

Tout l'auditoire est suspendu aux lèvres de la
conteuse. Big Ben réagit le premier. Emma a été une
de ses favorites, jadis, avant que le temps ne flétrisse
ses charmes.

—Comment est-elle ? jette-t-il, la voix altérée.

—Inconsciente. Elle saigne beaucoup, hélas !
Lizabeth, l'acolyte soignante, est déjà auprès d'elle.

Big Ben lance un regard dur à Herbert et se dirige
à grandes enjambées vers le lieu désigné par Ann,
suivi de son escorte. Le prefesseur et les acolytes leur
emboîtent le pas.

◆

L'événement alimente les conversations dans le
cercle des nouveaux adultes, bien sûr. Mais pour un
temps seulement. Ils ont bien autre chose en tête.
Emma n'en a plus pour longtemps, de toute façon.
Elle a cessé de porter des enfants il y a déjà quelques
cycles et entre les prélèvements, on peut discerner sur
son crâne bon nombre de repousses grises. Elle est
mûre pour rejoindre bientôt Peggy au ciel. Pourquoi
gâcher le jour d'hui ? Surtout ce jour, cette soirée que
les jeunes attendent fébrilement !

Peu après, des acolytes demandent à la populace
de dégager un espace devant la chapelle. Puis tous
attendent un bon moment, de plus en plus impatiemment. Enfin, des clameurs éclatent, venant de l'entrée
est, en direction de ChelseaBis :

«La voilà !» «Margie !» «Margie !» «L'Exemptée
de NorthGreenwich !»

Une jeune fille arrive… en courant. Elle est accom-
pagnée de tout un cortège de jeunes gens qui courent

avec elle, la saluent, l'encouragent. Une cohorte d'admirateurs.

Cette Margie est... surprenante. Ce sont ses longs cheveux blonds qui étonnent de prime abord. Normalement, seules les petites filles portent ainsi leurs longs cheveux dénoués. Dès qu'elles deviennent plus matures, elles tressent leur chevelure en arabesques compliquées. Ou se trouvent rasées, jusqu'à ce qu'elles portent des enfants. C'est curieux de voir une fille de l'âge des initiés courir ainsi les cheveux flottant derrière elle.

D'ailleurs, sauf les enfants, peu de gens courent à Londres. Il y a rarement des occasions de se presser. Et peu d'espace dégagé dans les salles bondées.

La populace se bouscule pour voir passer la nouvelle arrivante. Heureusement, on a réservé les premières places aux initiés. George examine avec curiosité la visiteuse : un long corps ferme, de petits seins, aucune cicatrice apparente...

Sue, placée aux côtés de Rex et de George, a une moue désapprobatrice :

— Elle a encore des poils pubiens, remarque-t-elle, comme une gamine !

Soudain, Margie semble trébucher. Ses fines jambes fendent l'air... elle va se rompre le crâne sur le plancher bétonné... mais non ! elle se reçoit sur les mains, en souplesse. Un coup de reins, elle se rétablit, recommence une seconde fois, une troisième... George écarquille les yeux, fasciné, tandis que la foule pousse des cris d'admiration. Et le spectacle commence...

Margie virevolte, pirouette, roule sur elle-même, exécute des sauts arrière, danse en fouettant l'air de ses longs cheveux. C'est un régal, une féerie pour les yeux. George, comme les autres, est béat d'admiration. Il ne peut plus détacher les yeux de la jeune fille. Ses pensées dérivent… il imagine les cheveux soyeux de Margie frôler son propre visage… il imagine ses mains caresser ce corps admirable… il s'imagine fouiller cette toison pubienne inhabituelle, avec une sorte de fascination perverse, du fait même que cette pilosité va à l'encontre des standards habituels et voile de mystère le…

«Oh!» «La chapelle!» «Regardez!» Des exclamations fusent, interrompant les fantasmes de George. La porte de la chapelle s'entrouvre! Un frisson parcourt l'assemblée. Dans la pénombre, derrière le seuil, luit faiblement un grand œil. Les initiés, à l'avant, le distinguent mieux : un maître! le mot roule dans l'assistance désemparée : «Un maître!»

Margie elle-même ne semble pas outre mesure étonnée. Elle s'arrête un instant, s'incline en souriant devant le maître, puis se tourne vers l'auditoire, avec un large sourire, et lance d'une voix pétillante :

— N'ayez crainte, bonnes gens d'Oxford, mon Seigneur m'accompagne. Il aime assister à mon spectacle !

◆

De son œil unique, le drocre borgne observa avec condescendance les réactions nerveuses du troupeau. Sa présence les intimidait, c'était évident. Mais Agile reprit son numéro comme si de rien n'était et les bêtes se calmèrent un peu, reportant progressivement leur attention sur elle.

D'un œil critique, il examina les bêtes de cet enclos. Beaucoup étaient trop grasses. C'était la même chose pour l'ensemble du cheptel. Les bêtes avaient tendance à s'avachir. Elles ne s'activaient pas assez. C'était mauvais pour leur état de santé et la qualité du lait rouge. Réduire la moulée ne servirait qu'à provoquer plus d'échauffourées dans le troupeau, une mesure contre-productive en fin de compte. Non, son idée constituait clairement une meilleure solution.

Il reporta son attention sur Agile, toujours fasciné par l'adresse de la petite femelle. Lui-même se traînait péniblement sous le fardeau de la gravitation du Troisième monde, près de trois fois plus forte que sur Rocre. Bien sûr, Agile était adaptée à cette planète. Mais elle était incomparablement plus leste que le reste du troupeau.

Un talent naturel, doublé d'une longue pratique. Déjà avant la première traite, il avait remarqué les cabrioles de cette jeune biche sur les écrans d'observation. Ce qu'il y avait d'intéressant, aussi, c'est qu'elle entraînait ses camarades à suivre son exemple. Et cela, c'était une bonne chose pour le troupeau.

Au lieu de traire Agile, ce qui l'aurait forcément ralentie, il avait eu l'idée de l'épargner. Il l'avait palpée consciencieusement, pour s'assurer qu'elle était parfaitement saine, et avait été satisfait de sentir sous les palpes ce corps à la fois ferme et souple, agréable d'une certaine façon, en dépit de la laideur inhérente de son espèce. Il l'avait désinfectée sans la passer au jet épilatoire, pour la rendre plus distincte encore de ses congénères et augmenter ainsi son influence auprès du troupeau.

Le Borgne se flattait de prévoir correctement les réactions primaires du cheptel humain. Plusieurs bêtes avaient commencé à imiter Agile après qu'elle fut ressortie indemne de la salle de traite. Pour varier les exercices, le drocre borgne avait même mis à leur disposition quelques montants et poutres dans l'enclos 17.

Tout cela n'était pas très orthodoxe, bien sûr. Mais le Borgne, en poste depuis longtemps dans cette station d'élevage, s'ennuyait. Il se trouvait justifié d'ajuster un peu les consignes. Il était doté d'un esprit plus individualiste que la moyenne des drocres. Peut-être son infirmité le poussait-elle à se démarquer. On l'aurait élagué au stade de bourgeon si les effectifs du Clone n'avaient pas été si restreints et le besoin de main-d'œuvre pressant dans la colonie.

Agile termina son numéro, s'inclina devant le drocre borgne, puis se tourna vers le troupeau pour saluer. Les bêtes firent ces drôles de claquements avec l'extrémité de leurs pattes. Cela fit plaisir à la petite femelle. Le Borgne avait appris à interpréter ses expressions. Il la contempla avec satisfaction.

L'idée réussissait au-delà de ses espérances. Agile se déplaçait à l'occasion d'un enclos à l'autre, pour faire montre de ses talents. Elle n'était pas seulement vive physiquement, mais intelligente aussi, pour son espèce. Elle appréciait les bienfaits de l'activité physique et voulait les faire partager à ses semblables. Après ses performances, elle adressait à ses congénères quelques bêlements, ces sons curieux par lesquels les bêtes communiquaient leurs sensations primaires. Après cela, immanquablement, quelques bêtes la suivaient pour s'entraîner et propager l'exemple à leur tour.

Évidemment, le Borgne supposait que sa propre présence contribuait à impressionner encore davantage le troupeau. C'est pourquoi il tenait à assister aux représentations. Tandis qu'Agile bêlait, le Borgne jaugea les bêtes qui l'écoutaient attentivement. À l'avant-plan, des juvéniles qui venaient de subir leur première traite. Déjà, certains affichaient un excès de poids, comme ce gros rougeaud. À ses côtés, un maigrichon ne valait guère mieux : celui-là aussi bénéficierait de l'exercice, son lait aurait une plus forte teneur en cellules rouges.

Le maigrichon contemplait Agile, bouche bée, sans doute en proie aux instincts reproducteurs qui tenaillaient ces bêtes. Une curieuse reproduction, deux par deux. Pas très hygiénique. Des résultats aléatoires sur le plan génétique.

Bourgeonner individuellement s'avérait bien plus efficace. C'était la période de leur vie où les drocres connaissaient la plus grande intimité avec un autre être vivant. Le Borgne, quant à lui, n'y avait jamais été autorisé, pour ne pas transmettre son infirmité.

Les éleveurs drocres avaient songé à contrôler la reproduction du troupeau, mais il s'était finalement avéré inutile de se donner cette peine. Tout naturellement, les géniteurs les plus vigoureux se reproduisaient davantage. Ce maigrichon n'avait aucune chance, songea le Borgne avec agacement.

Si Agile devenait pleine, elle serait... moins agile, forcément. Cette perspective déplaisait au Borgne. Curieux, songea-t-il, comme il s'était... attaché à cette petite biche.

Intellectuellement, bien sûr, tout son plan se justifiait. Mais le Borgne éprouvait un remous inhabituel dans ses fluides internes, à l'idée de leur prochaine rencontre dans la salle de traite. Il palperait de nouveau Agile minutieusement.

◆

Le preffesseur Herbert s'est efforcé de calmer ses ouailles : «Louons nos Seigneurs, qui tels de bons pasteurs veillent sur leurs brebis !» clame-t-il d'une voix un peu chevrotante.

L'Exemptée a poursuivi sa démonstration. L'audience reporte son attention sur elle et, impressionnés par tant d'agilité, les gens oublient un peu la présence du maître tapi dans la pénombre. En fait, George partage la fierté commune, à la pensée qu'un Seigneur daigne assister à cette performance, signe d'appréciation à l'égard du talent humain.

«Bonnes gens d'Oxford, vous devriez bouger davantage vous aussi. L'exercice est bon pour notre corps. Ceux qui veulent s'entraîner comme moi peuvent me rejoindre à NorthGreenwich!» lance Margie, à peine essoufflée après une dernière série de cabrioles.

Le spectacle terminé, la porte de la chapelle se referme. Plusieurs jeunes hommes s'empressent d'inviter la vedette à se joindre à eux pour la cérémonie rituelle (sous l'œil irrité de leur promise). George voudrait bien en faire autant, mais des matamores plus musclés le repoussent sans ménagement en arrière. Mince consolation, la belle décline gentiment les avances de chacun. Le pref et les acolytes interviennent pour mettre un terme aux bousculades. L'Exemptée reste à l'écart, assise en tailleur devant la porte de la chapelle.

La fête rituelle se poursuit. Les acolytes font communier les initiés à la pâte sacrée. Pour la préparer, ils ont soumis la nourriture usuelle provenant des distributeurs à un traitement spécial. Les acolytes mastiquent d'abord longuement la pâte rosée, puis imbibent la bouillie ainsi obtenue avec de l'eau acidulée tirée du boyau de la chapelle. Enfin, on laisse fermenter la mixture pendant trois jours sous un lit de copeaux.

Après avoir distribué la pâte rituelle, les acolytes commencent à taper dans leurs mains, lentement d'abord, puis de plus en plus vite. George se laisse entraîner par le rythme, claque dans ses mains, puis sur ses cuisses. Sa voisine se tourne vers lui et les claquements sur le corps deviennent mutuels. Les «veuves» et «veufs», comme George, ont été appariés par ordre de grandeur avant la cérémonie. George se retrouve avec Joan, une fille à la bouche avide et aux yeux un peu exorbités sous l'effet de la pâte sacrée.

George sent sa tête qui tourne. Un maelström d'impressions diffuses assaille tous ses sens : la paillasse accueillante et moelleuse (quel luxe !) ; la fraîcheur un peu humide du béton, sous la paille ; l'odeur des corps, qui sentent encore l'onction sacrée, les peaux moites et chaudes...

À un moment donné, le jeune homme jette un coup d'œil du côté de la chapelle et croise le regard amusé de Margie. Elle jouit du spectacle à son tour.

Puis, tout s'entremêle, les corps comme les idées.

IV

Nettoyage

«Je vais la rejoindre !»

C'est sur cette pensée que George ouvre les yeux. Un claquement sec, suivi d'un bref ronronnement, l'a éveillé. Mais il ne parvient pas à reconnaître le bruit ni à suivre le fil d'une unique pensée. Ses idées sont trop confuses. Pour la seconde journée consécutive, mais pour une raison bien différente, il se réveille l'esprit embrouillé.

Il fait encore sombre. Pendant la période nocturne, seuls quelques globes lumineux rougeâtres éclairent la salle d'une lumière diffuse. Mais dans la tête de George, se bouscule encore un kaléidoscope de couleurs. Des souvenirs confus de halètements, d'odeurs, de contacts…

C'est la pâte rituelle à laquelle ont communié les initiés qui leur laisse cette «gueule de bois» (c'est l'expression consacrée), le lendemain de la cérémonie. Expérience mystique garantie… et mal de bloc le lendemain ! En principe, la pâte euphorisante est réservée aux initiés. Mais George a vu un acolyte en chaparder. On chuchote aussi que les prefesseurs en usent pour favoriser leurs transes télépathiques avec les maîtres.

Des jambes reposent en travers du ventre de George. Celles de Sue. George sourit d'un air un peu benêt, songeant que Sue ne renifle ni ne ronfle, à dire vrai, mais pousse à l'occasion de drôles de glapissements. Il tourne la tête : à ses côtés sont enlacés Rex et Joan. Une fois l'union consommée avec le partenaire désigné, bien des échanges surviennent. Dans certains arrondissements, l'union rituelle est la toute première et on doit garder le même partenaire toute sa vie. Mais pas à Oxford, où les mœurs se sont relâchées, surtout depuis l'arrivée de Big Ben de Westminster. Le rituel n'implique plus aucun engagement particulier.

D'ailleurs, c'est le visage d'une jeune fille non initiée qui revient occulter toutes les autres pensées du jeune homme. « Margie… Je vais rejoindre Margie… »

George tourne la tête vers la chapelle. L'Exemptée n'est plus là. Couche-t-elle vraiment avec les maîtres ? Les Seigneurs ont-ils un sexe ? Qu'en diraient le pref et ses acolytes ? George devine leur réaction outrée : « Balivernes ! » « Sacrilèges ! »

Si George a envisagé de devenir acolyte, cette tiède vocation a été balayée par un nouveau projet. « Oui, songe George, je vais rejoindre Margie à North-Greenwich. »

Les brumes engendrées dans son esprit par la pâte rituelle commencent à se dissiper, maintenant. Doucement, pour ne pas déranger Sue toujours endormie, George se dégage des corps enchevêtrés. Rex est éveillé lui aussi. Le garçon rondelet, plus rougeaud que jamais, lui adresse un large sourire en levant le pouce d'un air satisfait. Les deux camarades se lèvent ensemble.

◆

Seule la lueur rougeâtre des globes nocturnes baigne encore Oxford. Mais une certaine activité règne toujours dans la vaste salle. On entend les halètements d'un couple, inspiré peut-être par les ébats des initiés. Un nourrisson pleure, et sa mère le presse contre elle pour l'allaiter. Une fillette, agenouillée près du bac de paille, siffle doucement. Et un grillon lui répond, avec un sifflement identique.

Ces petits insectes font office d'animaux familiers, à Londres. D'un geste vif, la fillette referme sa main sur l'insecte. Avec un peu de patience, on arrive plus ou moins à les apprivoiser et à leur faire exécuter des tours. Les enfants encore hirsutes les portent dans leurs cheveux, en guise d'ornement.

— Tu te souviens de Tiny Tim ? glisse Rex, les yeux brillants.

George feint de grimacer au souvenir de ce grillon apprivoisé par Rex quand ils étaient enfants.

— Tu parles ! J'ai dormi tout un cycle sur le béton à cause de cette foutue bestiole !

C'est un jeu populaire d'organiser des courses de grillons et de parier sur le vainqueur. La rapidité de Tiny Tim avait valu à son rondouillet entraîneur d'hériter de la paillasse de George.

Rex se lèche les lèvres. Quand son coursier à six pattes était devenu trop vieux… il l'avait tout simplement mangé ! C'est une pratique assez répandue, même chez les adultes, malgré la désapprobation des prefesseurs : « La pâte des Seigneurs suffit à combler tous nos besoins », clament-ils. Mais les maîtres ne font aucun cas des grillons et c'est tout ce qui importe, au bout du compte. Un autre mets est aussi disponible à Londres, mais ce dernier est défendu… en principe.

Justement, comme George et Rex s'approchent des latrines pour faire leurs besoins, ils remarquent deux gamins qui s'agitent dans la pénombre. Quelque chose se faufile entre leurs pieds et se précipite vers la grille d'égout.

George et Rex échangent un clin d'œil entendu. Un rat ! Ils ont l'habitude de ce genre de gibier depuis leur propre enfance. Rex s'interpose devant la grille et rabat la bête vers George. Ce dernier, d'un coup de talon vigoureux, écrase la tête de l'animal contre le plancher de béton. Du bout du pied, George tâte prudemment sa victime. Le rat est bien mort.

Les gamins rappliquent aussitôt vers le cadavre, avec de petits cris d'excitation. D'un geste impérieux, George les fait taire, tout en désignant du regard l'alcôve des maîtres, qui luit doucement un peu plus loin.

George et Rex s'accroupissent dans la pénombre et se délectent en vitesse.

C'est un péché, ils le savent bien. Les maîtres ne veulent pas qu'on mange du rat. «C'est pour notre bien ! dit le pref Herbert. C'est dangereux et cela rend malade ! » Il est vrai que les rongeurs peuvent vous infliger de vilaines morsures. Et manger leurs viscères peut occasionner des fièvres fatales. Ou bien rendre le sang moins bon et au prélèvement suivant, quand les maîtres s'en rendent compte, hop ! vous vous retrouvez au ciel.

Par contre, si le prélèvement suivant est encore assez loin et qu'on se contente de grignoter les cartilages des pattes et de la queue, comme le font George et Rex, cela ne porte pas à conséquence. Impossible de résister à cette savoureuse occasion de varier un peu l'ordinaire, la sempiternelle et fade pâte rose des distributeurs.

Bons princes, les deux jeunes hommes laissent deux pattes aux gamins, qui se hâtent à leur tour de grignoter et font prestement disparaître les restes de la dépouille par la grille d'égout.

— Alors, chuchote George à son camarade, tu ne m'accompagnes pas chez Margie ?

— Les cabrioles, très peu pour moi, répond Rex, qui rigole en tâtant ses rondeurs. Je retourne avec Sue. Bonne chance, Geo !

Après de mutuelles claques dans le dos, les deux jeunes gens se séparent. George veut annoncer sa décision à sa mère avant de se mettre en route.

Tandis que George s'avance vers la couche de sa mère, les globes lumineux se rallument progressivement dans la salle, les uns après les autres. Les gens s'étirent, bâillent, badinent ou se querellent, font leurs besoins matinaux. La vie quotidienne reprend.

Par l'arche sud, on entrevoit un acolyte qui frotte le mur d'Oxford1 avec de la paille rouge, comme tous les matins. La paille laisse une marque, un nouveau trait qui s'ajoute aux autres tracés depuis des générations, innombrables aux yeux de George. Seuls les preffesseurs et acolytes supérieurs possèdent la science suffisante pour les compter.

En passant à droite du bac à paille, George remarque un espace couvert de copeaux agglutinés de matière rougeâtre séchée, que les gens évitent sans un mot. John, un acolyte, monte la garde discrètement à proximité. Du sang… le sang d'Emma, songe George. Certains, en cas de blessure, cherchent parfois à lécher le sang répandu. En imitant les maîtres, ils espèrent s'approprier une parcelle de leur puissance. «Perversion !» clament les preffesseurs, qui interdisent cette pratique.

Qu'est devenue Emma ? Ann le lui apprendra, songe George. Sa mère est encore couchée. Et elle n'a pas dormi seule. Quelqu'un ronfle à côté d'Ann, la main posée sur sa croupe.

Reconnaissant le matamore roux, George réalise son erreur. Trop tard.

◆

— Qu'est-ce que tu fous là, morveux ? lance un autre homme en saisissant brusquement George par les épaules.

C'est Brent, un des suivants de Big Ben. Il projette brutalement George par terre et lui plaque un genou dans les reins.

Big Ben s'éveille en sursaut, immédiatement en alerte. En un instant, le dominant est sur ses pieds, prêt à affronter toute menace ou tout adversaire. Il vrille du regard l'impertinent jeune mâle cloué au sol.

— Je... pardon... j'ignorais que... commence George, à demi suffoqué par le poids de l'autre sur son dos.

— Silence ! tu parleras si on t'interroge, vocifère Brent en lui plaquant le visage sur le béton.

Quelle gaffe ! Un mâle ne peut s'approcher ainsi à l'improviste du dominant pendant son sommeil. George, adulte de fraîche date, se comporte encore comme un gamin insouciant. Le jeune homme se tait, il n'y a rien d'autre à faire. Fermer les yeux et attendre la volée de coups...

— C'est mon fils ! plaide Ann, éveillée à son tour.

Les coups ne viennent pas. George, face contre terre, entend sa mère murmurer. Big Ben grogne quelque chose à l'adresse de Brent.

Brent tire sans ménagement la tête de George vers l'arrière en le saisissant par les cheveux. Ben, solidement planté sur ses jambes massives, domine de toute sa hauteur le jeune homme. Un sourire ironique plisse ses lèvres. George, de toute évidence, ne constitue aucunement une menace à sa suprématie.

— Tu mériterais une bonne correction, blanc-bec ! Mais ta mère me supplie d'être clément... et elle m'a fait passer une bonne nuit. Alors, soit, Big Ben sait se montrer bienveillant !

Des enfants hirsutes se sont attroupés autour d'eux. Les adultes, quant à eux, détournent poliment la tête… mais lorgnent du coin de l'œil pour ne rien perdre de la scène. Le dominant fait un signe à Brent, qui lâche George. Celui-ci peut enfin respirer plus librement. Il n'ose se relever.

— Mais c'est mon devoir de t'éduquer, continue Big Ben. Tu agis en écervelé comme ces gamins poilus !

Les enfants qui les entourent reculent, inquiets d'être ainsi visés. Le sourire de Big Ben s'élargit. Lentement, il porte la main à son pénis, et…

George se crispe et grimace en silence quand le jet tiède éclabousse son dos.

Ayant ainsi ostensiblement marqué son territoire et ses privilèges, Ben éclate de rire. Les gamins, emportés par cet accès de bonne humeur, rient eux aussi, tout comme Brent et plusieurs adultes. Mieux vaut rire avec le dominant… George, humilié, furieux, reste figé par terre. Il n'a pas d'autre choix.

— Bon, assez rigolé ! coupe Ben. Il y a de l'action là-bas, allons voir ça !

Du secteur où ont couché les initiés, monte un brouhaha. Une échauffourée entre de nouveaux mâles adultes. C'est coutumier, après la trêve de la cérémonie. Les plus vigoureux veulent établir leur rang dans la hiérarchie. Ils se disputent les faveurs de telle ou telle fille capiteuse ou une place pour établir leur propre couche hors du giron maternel. Les places à proximité des distributeurs ou adossées à un mur sont les plus recherchées, ou bien on cherche à se regrouper entre copains. Certains habitants peuvent être délogés ou forcés de fournir une part de leur paillasse.

George relève précautionneusement la tête, pour voir le dominant se tourner vers Ann… et lui baiser la joue. Un bref instant, le masque dur de son visage s'adoucit.

— Merci pour ta chaleur, Ann la conteuse ! À la prochaine, j'ai à faire !

Ann s'incline et Ben s'éloigne à grandes enjambées.

Le dominant doit veiller au grain et faire respecter les règles de combat rituelles. Interdit de s'acharner sur l'adversaire une fois qu'on a prouvé sa supériorité physique. Une fois la hiérarchie établie, il n'y a aucun avantage à s'infliger des blessures sérieuses. Big Ben remet à leur place les jeunes les plus impétueux, pour bien leur montrer qui est le maître. Ou bien il laisse faire ses lieutenants, qu'il a lui-même affrontés par le passé. Au cours d'une telle journée où se réorganise la hiérarchie du cercle, le mâle dominant protège aussi les maigres privilèges de certains favoris, ceux qui tissent pour lui des ornements, lui font des massages ou l'informent de tout ce qui se trame dans l'arrondissement.

Oui, les lendemains d'initiation sont des journées occupées pour un dominant. Big Ben semble adorer cela. Un rictus aux lèvres, il se dirige vers l'attroupement, suivi de ses lieutenants.

— Les maîtres l'emportent ! fulmine George en se relevant. Un jour, je lui ferai ravaler sa pisse !

D'un geste rageur, il chasse des gamins qui rigolent. Ann, diplomate, ne relève pas l'invraisemblance de sa bravade.

— Il n'avait pas vraiment le choix, temporise-t-elle. Dans sa position, devant tous ces gens, il se devait de montrer l'exemple. Il aurait pu te rouer de coups…

— Tu le défends ! s'emporte George. Cette sale brute ! Et tu couches avec ce salaud !

— C'est… un homme de contraste, dit lentement Ann. Il sait parfois se montrer très doux. Hier, il avait besoin de se sentir en vie, comprends-tu ça ? Extérioriser sa fougue... La mort de Peggy et d'Emma l'a touché plus qu'il ne voudrait bien le montrer. Il est resté au chevet d'Emma jusqu'à la fin et a fait placer une litière sous son corps sur la voie céleste.

Emma est morte, donc. George se souvient maintenant du bruit de la trappe, qu'il a entendu ce matin. Quand une mort naturelle ou un « accident » survient, les acolytes placent le cadavre sur le tapis roulant à la sortie de la chapelle. Le convoyeur s'inverse et conduit le corps au ciel... où que cela puisse être.

Mais George est encore trop furieux pour compatir vraiment au sort d'Emma. De toute façon, son heure approchait. Passé l'âge de la reproduction (ou autour de cent soixante cicatrices pour un homme), peu de gens reviennent du sacrifice. Les maîtres les envoient au ciel avant qu'ils deviennent trop vieux. Ils ne laissent pas non plus souffrir longtemps les malades ou les impotents. C'est un signe de la bienveillance des maîtres, disent les prefesseurs. Ils ont éliminé la maladie et la décrépitude de la vieillesse.

— Son tour viendra ! crache George, toujours enragé contre le dominant.

— C'est... un peu ce qui l'inquiète, je crois. Herbert a fait allusion à la qualité de son sang... et j'ai senti que ça trouble Ben. Son frère aîné est parti prématurément pour le ciel, du temps qu'il était à Westminster. Ça l'a marqué.

— Il a la frousse, tu veux dire ! Il a beau se moquer des prefs et jouer les séducteurs, ton gros Ben, quand le temps de son prélèvement est venu, il se soumet et il y va la queue basse, comme tout le monde !

Les maîtres n'ont qu'une exigence, mais elle est incontournable. Tous, pref, dominant ou le plus humble blanc-bec comme George, doivent se soumettre au sacrifice du sang, à chaque cycle. Preuve que les

maîtres sont justes et impartiaux, disent les prefesseurs. Et un jour, tous seront sur le même pied, au ciel.
Cela contente le petit peuple. La foi est si rassurante !

— Il n'a pas le choix de se soumettre ou non. Tu
sais bien ce qui arrive à ceux qui… commence Ann,
les traits crispés.

Sa voix se brise. George a touché une corde sensible.
La conteuse reste muette, baisse les yeux. Elle n'aime
pas évoquer le sort des rebelles. Comme le père de
George.

Son fils ne l'a pas connu et Ann n'en parle guère.
Le père de George est fort probablement cet homme
svelte qui lui rendait parfois visite avant sa grossesse
et auquel son garçon ressemble beaucoup. Dans le
calme relatif de la nuit, quand on remarque le ronronnement incessant qui émane des conduits d'aération
au plafond, les adultes d'Oxford songent parfois à cet
individu trop curieux. Il voulait voir ce qui se trouvait
derrière la bouche de ventilation. Une tête brûlée, un
impie, a-t-on dit de lui. Il a réussi à se hisser jusque-
là, a introduit son bras à travers le grillage… pour se
retrouver affreusement mutilé, les doigts fauchés par
un ventilateur. Mort au bout de son sang le lendemain.

Chaque quartier de Londres a ses histoires d'horreur. À LowerThames, par exemple, un homme a
réussi à arracher une grille d'égout ; il est resté coincé
dans le conduit et ses cris d'agonie ont longtemps
résonné dans la salle ; les rats lui ont grignoté les
yeux, paraît-il. À Paddington, un enfant aurait péri
étouffé en tentant de s'introduire dans l'étroite fente
par laquelle se déverse la paille au-dessus du bac à
litière. À St. Paul, enfin, une mystique exaltée s'est
acharnée sur la trappe de sortie de la chapelle jusqu'à
ce que ses ongles soient en sang ; pendant des heures,
elle a crié aux Seigneurs de venir la chercher pour

l'amener avec eux au ciel ; finalement, elle a plutôt été calcinée par les feux de l'enfer, dit-on.

Les feux de l'enfer... George n'a jamais été témoin lui-même d'un tel événement. Mais quand les enfants ne sont pas sages, quand ils ne font pas ceci ou cela, c'est la menace la plus éculée que brandissent les mères : elles montrent au plafond les alvéoles translucides et le tube noir qui en sort. Si tu n'es pas sage, préviennent-elles, les maîtres ne seront pas contents. Et tu vas aller en enfer !

Le trouble de sa mère, l'évocation muette de son père, forcent George à ravaler sa colère. Au fond, il sait bien qu'une femme d'Oxford ne peut guère se refuser au dominant. Il serait injuste d'accabler sa mère. Lui-même n'avait d'autre choix que se soumettre. Fils maigrelet d'un cinglé. Il se détourne brusquement. L'urine qui dégouline encore sur son dos a une odeur d'infamie.

— Je vais me laver ! lance-t-il.

George se dirige à grands pas rageurs vers les boyaux qui font office de douche. Oui, une bonne douche froide lui fera du bien ! Mais comme il arrive à destination, soudain...

« Alouh ! Alouh ! Alouh ! »

Un sifflement emplit l'arrondissement, venu de partout dirait-on. Les globes lumineux se mettent à clignoter rapidement. Un bourdonnement et une chaleur intense aux pieds de George le font reculer en sursaut. Devant lui ondule une vapeur diaphane qui matérialise le trajet d'un invisible rayon ardent.

Le jeune homme lance un regard éperdu vers l'alcôve des maîtres, au plafond. Un tube à chaleur est braqué sur lui ! Un instant, une pensée horrible lui vient :

« Les maîtres m'ont vu manger du rat ! Ils veulent me punir. M'envoyer en enfer ! »

Mais aussitôt la réalité s'impose à lui. Des gens refluent autour de lui, tous se dirigent en hâte vers les sorties. On évacue Oxford2.

Les maîtres vont nettoyer la place !

◆

Derrière l'écran d'observation, le drocre en charge du nettoyage modifia l'angle des rayons infrarouges.

Les rayons caloriques balayèrent lentement la zone des fosses septiques, puis s'avancèrent vers le centre de l'enclos 23, faisant refluer les bêtes vers les enclos voisins, 24, 22 et 28. Comme le 22 et le 28 étaient encore en phase nocturne, le Nettoyeur actionna un interrupteur pour y rétablir l'éclairage. Le fait de décaler la photopériode d'un enclos à l'autre permettait d'effectuer une rotation des inter-valles de traite, de façon à maximiser les opérations ; globalement, la station d'élevage qui comptait deux seizaines [1] d'enclos était toujours en activité.

Le troupeau était habitué aux séances de net-toyage : les bêtes étaient bien dressées et relativement dociles. Dès qu'elles sentaient la chaleur, ou même dès qu'elles entendaient le sifflement d'avertissement des interphones, elles fuyaient. Autrefois, il fallait parfois leur roussir un peu le poil pour leur faire comprendre. Ou même sacrifier carrément un animal récalcitrant. Depuis, à la suite d'une patiente sélection, la plupart des bêtes trop rétives avaient été éliminées.

Le Nettoyeur s'assura que les dernières bêtes s'étaient réfugiées dans les enclos voisins, puis

---

1. Le système de numérotation drocre est basé sur leur nombre d'appendices ; les chiffres attribués aux enclos ont été tra-duits ici pour la commodité des lecteurs, de même que les autres symboles et expressions.

actionna un levier : les trois grilles commandant l'accès à l'enclos 23 s'abaissèrent. Le Nettoyeur tourna un bouton pour augmenter l'intensité des infrarouges. Sous l'action des jets caloriques, des flammes vives jaillirent de la litière souillée éparpillée un peu partout. Une épaisse fumée emplit l'enclos, obstruant momentanément la vue des écrans. Le Nettoyeur augmenta le régime des ventilateurs, pour aspirer les vapeurs et refroidir l'air.

L'image revint sur les écrans. On voyait le bétail agglutiné derrière les grilles des enclos voisins, fasciné par le spectacle des flammes. Celles-ci s'épuisèrent bientôt, faute de combustible, ne laissant sur le plancher bétonné qu'une mince couche de cendres grises. Le drocre consulta un thermomètre : la température était revenue à un niveau acceptable pour lui.

Péniblement (à cause de la maudite gravité de cette planète !), le Nettoyeur se hissa sur un multimobile individuel. Avec satisfaction, il fit jouer les cylindres hydrauliques et l'appareil se mit en marche avec vivacité. Il s'engagea dans un passage souterrain vers les enclos, prit un élévateur et parvint à la salle de traite F. Le Nettoyeur désactiva le verrou électrique et la porte s'ouvrit.

Comme d'habitude, les bêtes curieuses massées derrière les grilles le regardaient avec fascination. Le Nettoyeur les ignora, dédaigneux. Il aspira les cendres dans tout l'enclos, puis nettoya partout à grands jets de vapeur désinfectante. Il s'attarda particulièrement sur la grosse tache rouge coagulée par terre, laissée par cette vieille bourrique qui s'était emballée, la veille. C'était la raison pour laquelle il avait décidé de nettoyer l'enclos 23 ce jour-là.

Il effaça aussi les gribouillis informes qui couvraient les murs. Un de ses congénères, le Borgne aux idées bizarres, avait déjà voulu consigner ces tracés pour tenter d'en comprendre la signification (si tant est qu'ils en aient une!). Ridicule! Quelle importance les graffitis de ces animaux? Le Nettoyeur contempla avec satisfaction les murs de béton nus, beaucoup plus esthétiques. Hélas, c'était toujours à recommencer, car les bêtes ne tardaient jamais à maculer de nouveau leur enclos.

Puis le drocre introduisit un outil télescopique dans une fente au-dessus du bac à litière, ouvrant une valve et activant un convoyeur. Des fibres rouges déshydratées se déversèrent lentement par la fente pour tomber en vrac dans le bac prévu à cet effet. C'était la bonne saison, on venait juste de faire une récolte à l'extérieur. En d'autres temps, on étirait les réserves, et les changements de litière se faisaient plus espacés. À cette latitude, sur cette foutue planète, seuls le printemps et l'automne étaient à peu près supportables, tant pour les drocres que pour cette plante originaire de leur monde souche. L'hiver il y avait trop de glace et de neige et l'été était par trop étouffant.

Le bac à litière rempli, le Nettoyeur avait terminé sa tâche dans l'enclos 23. Il savait, pour l'avoir observé souvent sur les écrans, que dès qu'il serait parti et ouvrirait les grilles, les bêtes se précipiteraient pour s'arracher la litière. Les plus forts en accapareraient la majeure partie, tout en assurant un semblant d'ordre. Peu importait au Nettoyeur. Qu'ils s'arrangent entre eux. Pourvu qu'ils donnent du lait!

LONDRES (MAGNA CARTA)

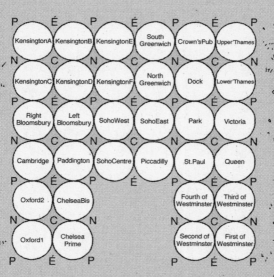

N : Nourriture (distributeurs)
P : Paille (bacs)
É : Égouts (et douches)
C : Chapelle

NOTE : La carte originale, tracée sur le mur d'Oxford1,
désigne les arrondissements à l'aide de symboles
simplifiés (l'alphabet utilisé ici est antérieur à la
Sainte Invasion).

V

Londres

« Rendons grâce aux Seigneurs ! Tels de bons pasteurs, ils veillent sur leurs brebis ! Nul besoin de semer ou de peiner, ils comblent tous nos besoins ! »

Le professeur Herbert prie avec un groupe de fidèles devant la grille, tandis que les enfants fascinés observent à travers les barreaux le maître sur sa scintillante machine à mains (ainsi nomme-t-on ces montures étranges qui évoquent des grillons monstrueux).

À ChelseaBis, la période nocturne a été brusquement interrompue. Les habitants, dérangés dans leur sommeil, pestent contre l'invasion inopinée du tiers de la population d'Oxford2. Quelques bousculades agitent l'arrondissement surpeuplé. Mais en règle générale, on se contente d'attendre – impatiemment – que les grilles se relèvent. Après tout, c'est la vie… une autre fois, ce seront les gens de ChelseaBis qui s'entasseront temporairement à Oxford pendant le nettoyage !

Des yeux, George cherche sa mère. Mais il ne la voit nulle part. Elle s'est sans doute réfugiée à Oxford1. Big Ben veillera bien à ce qu'elle reçoive une part de paille. George grimace, encore furieux contre la brute qui domine les deux cercles d'Oxford. Avide d'échapper à la cohue étouffante qui l'entoure, il décide de ne pas attendre davantage. Et sa mère ? Il hausse les épaules : elle apprendra bien vite par le réseau des conteuses ses moindres faits et gestes !

George bombe le torse. Pour la première fois, il va voyager dans Londres en tant qu'homme, et non plus comme un gamin chevelu qui court les salles sans que personne lui prête attention.

George connaît bien Londres. Enfant, il a souvent accompagné sa mère en excursion. Adolescent, il a arpenté les arrondissements en long et en large avec Rex et d'autres camarades, bien avant l'initiation.

Avant de quitter ChelseaBis, il contemple tout de même un instant une grande fresque tracée près de l'arche nord. C'est une copie locale de la Grande Carte. Une carte de Londres. Non pas qu'il en ait besoin pour s'y retrouver dans ses déplacements. Il est facile de s'orienter, et les distances ne sont pas si grandes. Mais la Grande Carte suscite toujours l'admiration de George. Il y a une sorte de magie dans l'art de représenter ainsi les choses par des symboles. N'est-ce pas merveilleux d'être en mesure de « voir » son trajet avant même de le faire ? Et ce plan, si élégant dans sa symétrie, ne témoigne-t-il pas à la fois du génie des maîtres, qui ont construit Londres, et du talent des savants d'Oxford qui l'ont en premier représenté ?

C'est à Oxford1, en effet, que se trouve la Grande Carte originale, la Magna Carta, comme on dit un peu pompeusement à Oxford (George ignore l'origine de cette autre désignation). La Grande Carte de même que le tableau voisin du Décompte des Jours sont patiemment restaurés par des acolytes après chaque nettoyage du cercle. Des artistes sont venus de tout Londres admirer la Magna Carta, la mémoriser et la reproduire chez eux.

Un professeur d'Oxford1 a envoyé jadis ses acolytes arpenter minutieusement tous les arrondissements de

Londres, comptant leurs pas, mémorisant l'emplacement des arches, chapelles et autres équipements.

En contemplant cette carte, George éprouve la satisfaction de comprendre clairement le monde dans lequel il vit. Le premier cercle d'Oxford est un des six coins de Londres, c'est-à-dire des arrondissements situés aux extrémités de deux rangées à angle droit.

À partir de l'enceinte d'Oxford1, il faut traverser six compartiments pour se rendre au coin opposé de Londres, KensingtonA, située à deux cent quatre-vingt-deux pas standards en direction nord... ou du moins ce que les habitants d'Oxford désignent comme étant le nord. Au grand dam des puristes en charge de la carte, cet usage n'est toutefois pas standardisé et peut différer complètement ailleurs, de même que la gauche et la droite ; dans les salles circulaires, les repères sont arbitraires et les traditions locales priment.

En tournant à droite à partir de KensingtonA, il faut de nouveau compter deux cent quatre-vingt-deux pas, à raison de quarante-sept pas par arrondissement, pour atteindre le coin suivant, UpperThames. Ensuite, on parcourt encore six salles en redescendant vers le sud, pour atteindre First-of-Westminster, autre cercle d'angle.

Si la cité de Londres constituait un carré parfait de six arrondissements sur six (donc trente-six au total) on pourrait revenir directement à Oxford à partir de Westminster en parcourant deux cent quatre-vingt-deux pas vers l'ouest. En réalité, il faut faire un détour, comme s'il manquait tout un « quartier ». À cet endroit, la Magna Carta est marquée d'un signe spécial, un gros « ? » qui fascine les esprits curieux comme George. Les savants et théologiens d'Oxford et de Cambridge ont émis plusieurs hypothèses à ce sujet. Selon certains, le ciel se trouverait là, entre le bloc occupé par Westminster et celui d'Oxford et de Chelsea.

Si l'architecture générale de Londres est assez symétrique et uniforme, la dénomination et le regroupement des arrondissements, par contre, sont très diversifiés et peuvent fluctuer avec le temps. Les enfants apprennent tôt à mémoriser les noms et la localisation des trente-deux cercles de Londres, chacun étant représenté par un symbole sur la carte : Park, Queen, St. Paul, Dock, Crown'sPub... Quelle est l'origine de ces dénominations ? Les conteuses ont plusieurs histoires, parfois contradictoires ou farfelues, pour l'expliquer. Cela remonterait pour la plupart aux temps d'avant la Sainte Invasion.

Les usages varient souvent d'un quartier à l'autre. Par exemple à Chelsea, les adultes vivent en couples stables contrairement à Oxford, pourtant voisin. Et les enfants doivent détourner les yeux quand leurs parents copulent ou font leurs besoins naturels. Ces pratiques semblent bien restrictives aux yeux de George. Il paraît qu'à Oxford aussi, jadis, des habitudes semblables avaient cours, mais les mœurs avaient commencé à se libéraliser avant même les bouleversements apportés par l'arrivée de Big Ben.

Il n'y a pas de mâle dominant à Chelsea. Les habitants se partagent la paille également et passent beaucoup de temps en palabres pour régler leurs différends. Cette pratique semble assez inefficace aux yeux de George ; les acolytes d'Oxford lui ont inculqué l'idée qu'une élite intellectuelle – dont il considère faire partie – serait mieux à même de guider sagement le peuple.

Quelque cinq mille personnes habitent Londres. En règle générale, rien ni personne n'entrave la libre circulation entre les arrondissements. Ce serait d'un mortel ennui s'il fallait se limiter à son cercle natal ! Se balader, aller bavarder avec des amis des autres cercles, admirer l'art local, constituent des distractions précieuses.

Par contre, il est généralement mal vu de s'établir dans un autre arrondissement, à moins d'y avoir des protecteurs influents. L'espace vital est déjà assez limité comme ça. On revient donc coucher dans son cercle natal. Chacun connaît bien ses congénères et repère du premier coup d'œil les «étrangers». Cela contribue sans doute à développer un certain «esprit de clocher» (bizarre expression!) et chaque quartier tend à accentuer ses particularités propres.

George aperçoit d'autres initiés d'Oxford, deux jeunes hommes et une jeune femme, qui ont décidé comme lui de répondre à l'invitation de Margie. Il se joint à eux et confère brièvement de l'itinéraire à prendre avec ses compagnons. Ces derniers, sensibles aux préjugés que leur ont inculqués les acolytes d'Oxford, préfèrent passer par Kensington plutôt que par Soho.

Soho et Picadilly constituent une sorte de ghetto au cœur de Londres. À SohoEast, vivent seulement des hommes. SohoWest est réservé aux femmes et SohoCentre… aux ambivalents. Quant à Picadilly, elle est réputée pour la variété des pratiques sexuelles qui y ont cours, au grand dam des missionnaires du cercle voisin, St. Paul.

George a l'esprit plus ouvert que ses camarades. Sa mère, en quête de nouvelles et de contacts avec les conteuses locales, a parcouru tout Londres avec lui. Ann ne dédaigne pas de se plier elle-même aux usages locaux, pour mieux les raconter. George s'est donc habitué dès son plus jeune âge à la variété des mœurs londoniennes.

Pourquoi les usages varient-ils autant d'un arrondissement à l'autre? Les maîtres ne préféreraient-ils pas édicter la meilleure règle morale à suivre pour le plus grand bien de tous? Question classique que posent les prefesseurs à leur classe. «Dans leur bienveillance, les Seigneurs nous laissent le libre arbitre», doivent répondre les élèves. Sous-entendu : libre arbitre… tant que personne ne manque à son devoir de prélèvement, bien sûr.

Les jeunes gens d'Oxford continuent donc leur trajet en ligne droite à travers Paddington. Puis ils se faufilent avec précaution parmi les dormeurs de Left-Bloomsbury, où il fait nuit, pour arriver à KensingtonD, où ils prendront à droite. Kensington est une puissance montante qui s'étend sur six compartiments. Ce quartier a supplanté en influence celui de Westminster, aujourd'hui en déclin. George s'est rallié à l'itinéraire choisi par la majorité, mais il n'est jamais à l'aise de passer par là. À cause de la couleur de ses yeux…

Les potentats locaux ont les yeux bruns. Ils ont déjà tenté un coup de force qui a longuement alimenté toutes les conversations à Londres. Dans un premier temps, ils ont frappé d'ostracisme tous les yeux pâles, invoquant des théories fallacieuses sur la pureté du sang. Enfin, désireux d'augmenter leur espace vital, ils ont évincé tous ceux qui n'appartenaient pas aux clans dominants, peu importe leur apparence. Près de la moitié de la population du quartier a ainsi été refoulée de force vers les quartiers voisins.

Les maîtres sont intervenus.

Les Seigneurs ne pouvaient tolérer pareille injustice, ont claironné les prefesseurs dans leurs sermons. Tout simplement, les maîtres ont fait comme au moment des nettoyages : ils ont repoussé les clans agressifs de Kensington dans une seule salle, à l'aide des tubes à chaleur. Puis ils ont isolé cette enceinte surpeuplée en laissant les grilles fermées pendant un cycle complet.

Inutile de dire, quand les grilles ont de nouveau été relevées, que personne ne souhaitait répéter l'expérience. Les potentats locaux se tiennent tranquilles, maintenant, et la libre circulation est rétablie partout à Kensington. Du moins en principe.

Des matamores postés à l'entrée de KensingtonD scrutent les nouveaux venus dès leur arrivée. Si l'un des voyageurs portait un quelconque ornement de paille, ce dernier serait à coup sûr «confisqué». Un des gardes s'enquiert de leurs intentions. Parmi le petit groupe d'Oxford, George a les yeux les plus clairs. Le fier-à-bras le dévisage avec insolence. Mais George ne se laisse pas démonter.

— Nous sommes invités par Margie, l'Exemptée de NorthGreenwich placée sous la protection des maîtres, crâne-t-il en levant ostensiblement le doigt vers une alcôve au plafond. Alors ôte-toi de notre chemin ou ils vont te chauffer les fesses !

Le nom de Margie fait l'effet d'un véritable mot de passe. L'homme de KensingtonD s'écarte aussitôt et fait un signe à d'autres gaillards postés plus loin. Les initiés d'Oxford pressent le pas vers KensingtonF, où ils ne sont nullement inquiétés. Apparemment, le mot a circulé rapidement.

Enfin, ils entrent à NorthGreenwich. Le spectacle a de quoi les étonner.

◆

Les conteuses ont répandu la nouvelle. Mais il est vraiment étrange de voir ces curieuses installations au milieu de la salle : poutres, échelons, barres, trapèzes…

Une cohorte de jeunes gens s'y activent, sautent, se trémoussent, trébuchent… sous la supervision attentive d'une jeune fille aux longs cheveux blonds. George n'a d'yeux que pour elle : Margie.

Les apercevant, elle vient à leur rencontre. Ils se présentent. Bien sûr, elle ne se souvient pas de George en particulier. Mais elle est tout sourire, accueillante, enjouée.

— Bienvenue à Greenwich, mes amis. Comme vous voyez, mon maître a procédé à quelques petits aménagements lors du dernier nettoyage. Qui sait, un jour peut-être tous les cercles de Londres seront-ils équipés ainsi. Ce serait merveilleux, non ? Ce sera à vous de donner l'exemple chez vous. Allons, venez essayer !

En courant, elle entraîne le plus proche arrivant – George ! – par la main. Le jeune homme est aux anges ! Mais il déchante quand elle le fait grimper sur une poutre où il perd l'équilibre presque aussitôt.

— Ce n'est rien, il faut pratiquer, allez, on recommence !

La main de Margie se pose sur sa jambe, guide ses pas hésitants, place sa cuisse dans la bonne position. Sa main est tout près du sexe du jeune homme. Il frémit et elle se méprend sur la cause de son émoi.

— N'aie pas peur, tu vas y arriver !

D'un pas leste, elle file aider les autres. Elle passe de l'un à l'autre, vive et rieuse. Sans prétention, charmante, pétillante de vie.

Tous les jeunes hommes sont plus ou moins amoureux d'elle. Toutes les filles l'admirent. Mais elle se consacre autant à chacun, sans favoris.

Les exercices se poursuivent toute la journée. George a bougé comme jamais dans sa vie, et il lui semble que tous les muscles de son corps crient grâce, certains dont il ne soupçonnait même pas l'existence ! Margie revient examiner l'exécution d'un mouvement :

— Bien ! le complimente-t-elle. Tu es svelte et tu t'améliores !

George bombe le torse et continue de plus belle. En fin de journée, quand elle leur montre divers mouvements pour masser leurs muscles endoloris, il songe que le ciel doit ressembler de bien près à cela...

— Hem… Toi qui travailles si fort… Je pourrais te masser aussi, suggère-t-il.

Elle lui lance un regard amusé… et accepte ! Il n'en revient pas de sa chance ! Hélas plusieurs bellâtres s'avancent aussitôt pour offrir leurs services. George en est réduit à lui masser les pieds, ses mignons petits pieds aux orteils délicats. Elle semble apprécier le traitement. Mais lorsqu'un des autres masseurs se fait plus entreprenant, elle leur échappe en souplesse.

— Pas de ça, mes amis, désolée. Me voyez-vous avec un gros ventre ? Imaginez le pauvre bébé rebondir !

En riant, elle fait la roue.

— Je suis un vrai maître pour ce genre d'exercice, lance insolemment le masseur frustré, en exhibant ostensiblement son membre bandé.

Ils se trouvent tout près de la chapelle de North-Greenwich. Est-ce une allusion aux rumeurs sur les relations particulières de Margie avec un maître ? Le visage habituellement si ouvert de la jeune fille se ferme subitement.

— Si c'est ce muscle que tu es venu exercer ici, file ! réplique-t-elle sèchement. Je ne veux pas risquer de devenir enceinte, point. Le reste ne vous regarde pas.

◆

À son invitation, les apprentis de Margie restent à coucher à NorthGreenwich. Les habitants du cercle doivent bien tolérer la présence des nouveaux venus, de même que les appareils qui restreignent leur espace vital. Après tout, on ne peut s'opposer à l'Exemptée des maîtres ! D'ailleurs son prestige rejaillit sur l'arrondissement.

Ce soir-là, sur sa mince paillasse, George ne parvient pas à trouver le sommeil. Ses compagnons d'Oxford, enlacés, se détendent après cette dure journée. Mais George les ignore. L'esprit et le corps brûlant d'un feu inassouvi, il ne songe qu'à Margie.

Elle est étendue un peu à l'écart, devant la chapelle. George se sent indigne de sa perfection. Comment l'impressionner? Quelle prouesse lui vaudrait le respect et l'admiration de tous… et ferait tomber dans ses bras la belle en pâmoison?

Impulsivement, le jeune mâle soulage lui-même sa libido. Et juste à ce moment, comme pour se mettre en phase avec les tressaillements de son corps, le plancher de béton vibre légèrement. Un lointain grondement assourdi emplit la nuit.

Quand résonnent des détonations plus fortes après un prélèvement, on dit que les âmes partent pour le ciel. Mais les chocs plus sourds, comme ce soir, correspondent à l'inverse, croit-on. Les Seigneurs descendent du ciel.

George finit par s'enfoncer dans un sommeil agité. Il se retrouve au ciel, avec Margie. Les Seigneurs qui les entourent sont leurs égaux. Il y a là le maître borgne de même que le petit maître de la chapelle de prélèvement qui cligne des yeux et gazouille. Et George a une illumination…

STATION D'ÉLEVAGE 1

1 à 32 : Enclos

A à F : Salles de traite

VI

Second prélèvement

«Alouh!» «Alouh!» À travers les haut-parleurs, le Gardien du secteur F appela les bêtes de l'enclos 23. Il balaya l'enceinte d'un faisceau ultraviolet. Les bêtes dues pour donner du lait se mirent en file devant la salle de traite. C'était un conditionnement assez simple. Dans les premiers temps, il fallait pousser les animaux vers la salle de traite à l'aide des infrarouges. Maintenant, c'était rarement nécessaire. Les bêtes avaient appris que, si leur pelage luisait, elles devaient se présenter.

Au moment de la tonte, on appliquait en même temps que la crème épilatoire un réactif qui se fixait aux bulbes pileux et devenait phosphorescent sous un éclairage UV après quatre seizaines de photopériodes.

On avait expérimenté divers intervalles pour trouver le moment optimal de traire de nouveau une même bête. Si on attendait trop peu de temps, le lait rouge était anémique et l'animal dépérissait. Quatre seizaines de périodes diurnes permettaient à la plupart des bêtes de reconstituer suffisamment leur lait et de supporter relativement bien des traites régulières. Attendre davantage aurait été du gaspillage, le rendement n'en aurait pas été meilleur.

Il aurait été impossible de traire toutes les bêtes d'un enclos au cours d'une seule photopériode. Aussi on les séparait par groupe d'âge et les opérations de traite s'étalaient sur plusieurs séquences quotidiennes consécutives. Tous les membres d'une cohorte d'âge voyaient leurs cheveux luire en même temps, bien que les UV fussent peut-être moins éclatants pour leurs petites pupilles qu'aux yeux des éleveurs drocres.

Les bêtes se déplaçaient souvent d'un enclos à l'autre. Peu importe, on pouvait les traire n'importe où, les huit installations de la station d'élevage desservant tous les enclos. Mais ces animaux avaient leurs manies : par une sorte d'instinct, les bêtes pressentaient leur période de traite et avaient l'habitude de retourner auparavant à leur enclos d'origine.

Pendant que les bêtes se plaçaient en file, le Technicien chargé de la traite dans la salle F attendait un signal lumineux du Gardien pour commencer. Le Bourgeon qu'il portait se rappela à son attention : « Je peux essayer de les traire, aujourd'hui ? »

Les pulsations d'infrasons, encore maladroites, vibraient d'impatience. Le Technicien sentait dans ses propres fluides internes les sécrétions du Bourgeon, turbulentes, concentrées. Ce petit était vraiment très vif. Trop fantasque, peut-être. Il fallait lui apprendre à être méthodique.

« Pas encore », émit le Technicien. Son Bourgeon laissa échapper des stridulations maussades.

Les bourgeons n'étaient pas toujours des clones identiques aux parents, car des mutations aléatoires survenaient parfois. On soupçonnait aussi que les conditions environnementales régnant sur le Troisième monde pouvaient accentuer les écarts ou interférer avec le développement normal. Ce Bourgeon, par exemple, pesait de plus en plus lourd, songea le Technicien. Sous l'effet de la forte gravité, la maturation physique devançait la maturité psychologique. Ce Bourgeon se détacherait sans doute plus tôt que sur Rocre. Valait-il mieux lui accorder plus d'autonomie, déjà ?

« Je te laisserai palper un animal ou deux, si tu veux », décida le Technicien.

Un concert de stridulations joyeuses lui répondit.

◆

George a quitté sa mère sans donner d'explications, dans des circonstances plutôt orageuses. Aussi appréhende-t-il un peu leur premier contact à son retour à Oxford. Mais rien ne l'a préparé à la surprise qui l'attend : sa mère Ann a… des cheveux.

— Tu n'as pas été à ton prélèvement habituel, commence-t-il, avant de songer à l'explication qui va de soi, même si ce n'est pas encore très apparent extérieurement. Une femme n'a pas à se présenter à la chapelle si ses cheveux ne brillent pas et cela survient pour une seule raison…

— Tu es enceinte ? s'exclame-t-il.

— Oui, mon grand ! Tu vas avoir un petit frère ou une petite sœur ! C'est bien, n'est-ce pas ?

George fronce les sourcils. Pendant toutes ces années, après son expérience malheureuse avec l'énergumène au ventilateur, sa mère s'est discrètement arrangée pour ne pas avoir d'autre enfant. Elle connaît certains secrets de femme. Alors pourquoi maintenant ? Parce que l'occasion se prêtait d'avoir un rejeton de statut élevé dans la hiérarchie ?

— Qui est le père ? demande George d'une voix dure, songeant amèrement au dernier homme qu'il a vu avec sa mère.

— On verra bien à qui il ressemble, répond évasivement sa mère.

Avec diplomatie, elle oriente la conversation sur un sujet moins irritant :

— Et toi, petit cachottier, tu étais avec la fameuse Margie, m'a-t-on dit ? Raconte-moi ça ! Allez, Geo, ne te défile pas, fais-moi plaisir, conte à ta mère chérie toutes les anecdotes juteuses qui circulent à Greenwich !

George est bien forcé de s'exécuter, de plus ou moins bonne grâce. Il n'aime pas beaucoup les commérages, et il est presque soulagé quand retentit dans l'arrondissement l'appel du prélèvement. Il n'a même pas eu le temps encore de revoir ses camarades.

Impossible de les manquer, toutefois. Quand les globes clignotent et laissent place à un étrange éclairage bleuté, tous les jeunes de sa génération sont aisément repérables au halo diffus qui émane de leurs repousses pileuses.

Les jeunes gens se placent en file devant la chapelle pour leur second prélèvement. Il y a une brève cérémonie de méditation. Le prefesseur Herbert leur adresse quelques mots, les incitant à se recueillir et à se concentrer sur leur mantra. Mais cette fois, l'ambiance générale est moins formelle. Les jeunes se regroupent par affinités, sans ordre spécifique. George cherche des yeux son camarade Rex.

Le garçon grassouillet s'attarde près des latrines. Un peu trop longtemps. Un bourdonnement vrille l'air. Rex sursaute et pousse un glapissement : un coup de semonce venu de l'alcôve lui a chauffé les fesses. Monsieur Herbert lève les yeux au ciel avec un soupir accablé et envoie un acolyte chercher le retardataire. Rex trottine vers la file en se frottant le postérieur.

— Ben mon vieux, si tu voyais ta gueule, rigole George en lui faisant une place. On dirait un de ces fantômes dans les histoires de ma mère !

Contrairement à l'habitude, Rex est livide. Une pâleur encore accentuée par la lueur phosphorescente qui l'enveloppe d'une aura quasi surnaturelle. Et il n'a pas le cœur à rire. George remarque un filet de salive dégoulinant au coin de ses lèvres. Il est allé se faire vomir avant le prélèvement, semble-t-il. Ça purifie les humeurs, dit-on.

— J'ai peur… que mon sang ne soit pas bon ! chuchote Rex.

— Allons donc ! Calme-toi ! S'il était bon la première fois, alors tout devrait bien aller maintenant jusqu'à ce que tu deviennes une vieille barbe, vieux !

— C'est que… tu sais ces deux gamins, la dernière fois… je les ai entraînés à chasser le rat. J'espère… que je n'ai pas abusé des bonnes choses…

Le professeur Herbert, venu admonester le délinquant, a surpris cet aveu.

— Jeune goinfre ! semonce-t-il. Quand la dernière fois ? Confesse-toi !

— Presque dix jours, balbutie Rex, les yeux baissés. Neuf et demi !

— Un peu juste, réplique Herbert, les sourcils froncés. Prie les maîtres, ils décideront pour le mieux !

Voilà qui n'est pas de nature à rassurer Rex ! La tête basse, il gémit doucement en massant ses fesses rouges.

— Pourquoi les maîtres nous mettent-ils à l'épreuve ? s'interpose George. Iraient-ils vraiment jusqu'à… nous immoler ?

— Je vous l'ai déjà dit, réplique le professeur impatiemment. Les règles sont pour notre bien. Les maîtres, tels de bons bergers, doivent maintenir une saine discipline et extirper les brebis galeuses de leur troupeau.

George hoche la tête, troublé. Les professeurs et leurs acolytes aiment bien utiliser ces vieilles expressions vides de sens. Qu'est-ce qu'un berger ou une brebis galeuse ? George est inquiet pour son ami Rex, bien sûr, mais aussi à cause de ce qu'il va lui-même tenter. Le maître et son rejeton accueilleront-ils favorablement son initiative, même si elle s'écarte des règles habituelles ? En effet, dans sa recherche d'une façon d'impressionner la belle Margie, une idée un peu folle lui est venue…

Rouge… jaune… rouge… jaune… Le globe lumineux au-dessus de la chapelle reprend son rythme obsédant.

Rouge. C'est son tour.

Fébrile, George s'engage de nouveau dans la chambre sombre où flotte ce complexe d'odeurs, à la fois âcre et agréable. Comme la première fois, le maître et son bébé l'attendent. Quoique le mot « bébé » ne convienne plus guère à cette masse sombre qui fait maintenant près de la moitié de la taille du jeune homme.

George prend une grande respiration, relève crânement la tête. Il s'avance d'un pas qui se veut assuré, le cœur battant la chamade.

◆

Le Bourgeon reconnut tout de suite l'animal qui s'avançait. Un drocre n'oubliait jamais rien. Cette bête en particulier était associée à une trace mnémonique encore plus vive, car c'est ce que le Bourgeon avait vu la toute première fois qu'il avait ouvert les yeux.

Et la bête, contrairement à presque toutes les autres, regardait le Bourgeon droit dans les yeux.

« Meshommagesmaître-etvousaussipetitseigneur-cestunhonneurdevousrevoir. »

Ouuuiiilll ! siffla le Bourgeon, amusé par ces sons qui vibraient bizarrement dans l'air trop épais de ce monde.

« Will ! » imita l'animal en pointant le doigt vers le Bourgeon.

« Moijesuisgeorge », continua la bête, en se désignant à son tour.

Le Bourgeon, ravi, comprit tout de suite le jeu.

« Ggeg », siffla-t-il avec son bec, en agitant un appendice vers la bête.

« George », confirma l'animal en hochant la tête, découvrant largement sa dentition.

Alerté, le Technicien leva brusquement son tube à chaleur en sifflant : « Oulla ! » La bête se coucha aussitôt sur le banc. Le Technicien avait supporté avec stupeur et agacement cet intermède, mais c'en était assez ! « Au travail ! » intimèrent les infrasons.

Le Technicien laissa son Bourgeon immobiliser la patte de l'animal.

« Ggeg ? » fit le Bourgeon.

« Bras », répondit l'animal.

Le Technicien saisit impatiemment la pipette. Il l'enfonça sans ménagement dans le cuir de la bête. L'animal sursauta en poussant un beuglement et le Bourgeon faillit le lâcher. Heureusement, la bête cessa presque aussitôt de se débattre.

VII

Rapprochements

Le ciel peut attendre, vive le jour d'hui ! Rex est heureusement revenu à Oxford2, reconnaissant et repentant.

Quant à George, de retour à NorthGreenwich, il exhibe fièrement sa deuxième cicatrice devant Margie, elle dont la peau parfaite est vierge de tout sacrifice. Il lui raconte ses tentatives de communiquer avec le petit maître, Will, comme il l'appelle.

— Tu verras, je vais devenir ami avec ce jeune maître. Comme toi avec le tien. Et nous apprendrons à communiquer. Je serai le premier être humain capable de me faire comprendre des maîtres ! Plus besoin de passer par des visions télépathiques comme les prefs.

La jeune fille est totalement incrédule au début. Mais George y met tant de conviction, il a tellement hâte à son prochain prélèvement, que Margie finit par y croire.

En fait, elle meurt d'envie de le croire. Cela lui fait quelqu'un avec qui partager, au moins partiellement, son expérience hors du commun. Malgré toute sa popularité, Margie se sent un peu isolée sur son piédestal. Aucun autre être humain n'a jamais été proche d'un maître comme elle. Même les prefesseurs, hormis d'obscures visions occasionnelles, agissent le plus souvent par tradition. Ce Geo fait preuve d'originalité et d'audace, en tentant lui aussi d'établir un contact avec un maître. Margie se sent plus proche de lui pour cela. À partir de ce moment, elle accorde plus d'attention à ce garçon.

Elle-même continue de se présenter devant le maître borgne les jours de prélèvement. Quand les jeunes gens de sa génération font la file devant la chapelle de NorthGreenwich, elle se joint à eux la dernière. Mais l'éclat de ses cheveux ne doit rien à la phosphorescence et ils sont toujours intacts au sortir de la chapelle. «Le maître vérifie ma bonne condition physique», se contente-t-elle de dire sans élaborer.

Quant à George, il continue de s'entraîner ferme. Oh! il n'approchera jamais, même de loin, les performances de Margie. Et il ne deviendra jamais un dominant musclé, il n'est pas taillé pour cela. Mais tout de même, il se sent plus souple, et en meilleure forme.

Et, surtout, George est heureux d'être avec Margie. Ils bavardent souvent et partagent leurs impressions sur la vie à Londres, sur les gens, sur tout. George, qui se vante de communiquer avec un maître, découvre en fait le plaisir de communiquer avec un être humain adulte à un niveau bien plus riche que tout ce qu'il a connu avec ses camarades d'enfance. Le désir physique que George éprouve toujours pour Margie s'enrichit donc d'une tout autre dimension. Est-ce là ce que certains appellent l'amour?

Ils se massent fréquemment et leurs caresses deviennent vite plus intimes. Mais elle se refuse toujours obstinément à toute pénétration. Sa «carrière» passe avant tout. Ann pourrait l'instruire de certaines méthodes pour éviter les grossesses, songe George. À moins qu'il n'y ait autre chose... La jalousie lui vrille le cœur : et si elle se réservait... pour un autre? Pour un des Seigneurs inhumains de Londres?

◆

Devant l'écran d'observation, le drocre borgne émit un sifflement agacé. Encore ce veau efflanqué qui tournait autour d'Agile ! Il ne cherchait qu'à copuler, comme une bête qu'il était. Pourquoi Agile le laissait-elle la toucher comme ça ? Elle méritait mieux que ça !

Le Borgne sentit sa respiration sifflante. Avec étonnement. Pourquoi s'énerver ainsi ? songea-t-il. Il ferma son œil, pour mieux se livrer à l'introspection.

Son intellect puissant ne manquait pas de justifications rationnelles. Agile était un spécimen hors du commun, il fallait lui permettre de livrer son plein potentiel sans la soumettre aux caprices des mâles en rut de son enclos. Tandis que lui, le Borgne, avait songé à une destinée exceptionnelle pour elle.

Son plan initial avait fonctionné à merveille. Déjà, Agile avait entraîné ses congénères à suivre son exemple. Le mouvement pourrait s'amplifier et continuer même en son absence, si on haussait encore le prestige d'Agile. Car le Borgne avait eu une nouvelle idée brillante. Une grande première. Lui-même, handicapé mésestimé, en tirerait une certaine renommée au sein du Clone.

Le Borgne émit un petit sifflement moqueur envers lui-même. Ridicule de chercher à s'abuser soi-même. Toutes ces justifications... alors qu'au fond tout se résumait au flot anarchique d'hormones internes qui l'assaillaient. Son corps imparfait lui jouait là un bien improbable tour. Comment était-ce possible ?

Les drocres, malgré leur cerveau si évolué, possédaient des constituants organiques voisins de ceux du bétail. Peut-être même, songeait le Borgne, la vie a-t-elle bourgeonné jadis d'un monde à l'autre, portée par des poussières cosmiques (hypothèse trop

provocatrice pour la partager avec le reste du Clone!).
Ce qui ouvrirait la possibilité, malgré une évolution
divergente, d'un certain… partage avec ces créatures?

◆

Quand revint le temps pour Agile de se présenter
devant lui, le Borgne lui montra une visisphère. La
petite créature contempla avec fascination les images
tridimensionnelles qu'il y avait programmées. Elle
leva vers lui ses petits yeux brillants et sa bouche
rouge s'élargit de contentement. Le Borgne fut certain
qu'elle avait compris. C'était une si vive petite biche!

Ensuite Agile s'inclina, puis s'étendit sans un mot
sur le banc.

VIII

Départ pour le ciel

Margie pétille d'excitation.

— Il tenait une grosse bulle transparente. J'ai regardé à l'intérieur et… j'ai eu des visions. J'ai vu un endroit extraordinaire ! Le sol était rougeâtre, pas du tout plat comme ici, ni rigide car des tourbillons soulevaient des masses de poussière ocre. Les murs, le plafond… je n'en voyais pas, c'était immense. Dans une autre scène, le soir, il y avait une multitude de petits luminaires scintillants, c'était magnifique. Je pense… que j'ai vu le ciel ! Et j'y étais !

— C'était… une sorte de transe, comme les prefs ? suggère George.

— Je ne crois pas… J'étais bien éveillée et les images étaient très nettes. Plutôt un présage. Je pense que mon maître veut m'amener au ciel !

— Quoi ! Mais tu es bien trop jeune… en pleine santé ! Ton heure n'est pas venue !

George est horrifié à cette idée. Elle, au contraire, est tout sourire.

— Tu ne comprends pas. J'y étais pour donner un spectacle ! Devant les maîtres du ciel. C'est curieux de les voir, là-haut : ils sont très souples et marchent sur leurs tentacules, comme moi sur mes mains !

En riant, elle joint le geste à la parole et fait quelques pas vers la chapelle, les jambes en l'air et les cheveux dans le visage. D'une pirouette, elle se redresse, les yeux brillants de plaisir :

— Dans la bulle, les maîtres appréciaient mes performances, continue-t-elle. Leurs tentacules frétillaient en guise d'applaudissement.

George, complètement défait, la saisit par la taille.

— Tu ne vas pas quitter tes semblables pour toujours, tous ceux… qui t'aiment.

Elle l'embrasse sur la joue et se dégage.

— Ne prends pas cet air-là, Geo ! Ce n'est pas pour toujours ! Ensuite, j'ai vu qu'on revenait ici, à Londres, et tout le monde m'acclamait.

— Mais… c'est impossible ! Ça ne s'est jamais fait !

Elle le saisit à son tour par les épaules, le regard intense.

— J'ai confiance au Seigneur à l'œil clairvoyant. Il veut me présenter à ses amis pour leur faire la démonstration de mes talents. Comprends donc, c'est une chance unique de prouver la valeur du genre humain à tous les Seigneurs. N'en es-tu pas fier, Geo ? Je serai comme une ambassadrice. Qui sait, peut-être même reverrai-je mes parents là-haut, si les sermons des prefs disent vrai…

Elle se met à cabrioler autour de lui, rayonnante, exubérante.

— Un jour, peut-être, je retournerai avec toi, et d'autres. Toute une troupe, nous donnerons des spectacles, ferons la tournée du ciel ! Ah, comme la vie est belle !

Elle exulte, danse et tourbillonne, faisant jouer ses muscles et ses articulations par pur plaisir, vibrante de vie. Plusieurs personnes s'attroupent pour profiter du spectacle spontané. Comme elle est belle ! songe George, le ventre noué.

— Quand ? lance-t-il simplement.

Elle hoche la tête, hausse les épaules. Elle ne saurait dire exactement.

— Très bientôt, je pense…

◆

Dans la promiscuité londonienne, peu de choses restent privées bien longtemps et de toute façon Margie a parlé ouvertement, sans chercher à rien dissimuler.

La stupéfiante nouvelle se répand rapidement.

Déjà, Margie jouissait d'une renommée certaine. Mais une histoire pareille la catapulte au rang de super vedette. Quelques esprits chagrins ont beau émettre des doutes, la populace ne demande qu'à y croire. C'est tellement merveilleux !

Partout dans Londres, les conteuses s'en lèchent les babines. C'est à coup sûr la naissance d'un mythe qui traversera les générations. Ann, la mère de George, fait spécialement le trajet depuis Oxford, malgré son ventre qui commence à s'arrondir. Elle est fière de rencontrer Margie en personne. Ann extirpe de George le moindre détail qu'il peut lui donner et ne manque pas de rappeler à tout un chacun que son propre fils est un des amis les plus proches de l'Exemptée.

Margie présente à George son frère et ses sœurs qui viennent lui rendre visite, ses tantes, ses petits-cousins, ses arrière-petits-cousins… un lignage plutôt incertain, à vrai dire, mais bientôt tout Londres semble défiler dans NorthGreenwich pour la voir. La population locale, plutôt à l'étroit, fait contre mauvaise fortune bon cœur, fière d'avoir engendré un tel phénomène.

Dans les jours qui suivent, des nuées de curieux viennent serrer la main de Margie, l'écouter encore et encore raconter sa vision, assister à son entraînement,

à un dernier spectacle où elle atteint des sommets iné-
galés dans son art. La prefesseure de NorthGreenwich
et ses acolytes organisent une grande cérémonie au
cours de laquelle la foule entonne des cantiques et
prie pour le succès de son voyage. Des artistes tressent
minutieusement ses cheveux en volutes complexes.
Dans tout Londres, des admirateurs suivent son exemple
et s'entraînent intensivement.

À travers tout ce brouhaha, George n'a pu avoir
que bien peu de temps en tête-à-tête avec Margie. Mais
il est à ses côtés quand vient le jour fatidique.

Soudain des exclamations fusent et les gens s'écartent
vivement du côté de la chapelle. Le globe au-dessus de
l'entrée vire au rouge et la porte commence à s'entrou-
vrir.

Margie est toute pâle, tout à coup. C'est l'instant
crucial. Jamais personne n'a entrepris ce qui l'attend.
George prend sa main et la sent crispée, toute froide.

— Margie… tu n'es pas obligée d'y aller, chuchote-
t-il.

— Il m'attend, je dois répondre à ses désirs.

Ce n'est pas le moment, ce n'est pas la chose à
dire, mais la question sort toute seule des lèvres de
George.

— Faites-vous l'amour ensemble ?

Elle le regarde droit dans les yeux. Sans répondre
vraiment.

— C'est un grand honneur et un privilège d'être
choisie par un maître. Mais peut-être qu'au retour,
Geo…

Impulsivement, elle se jette dans ses bras et dit tout
bas, très vite :

— … j'aurai besoin d'un gentil garçon qui m'attend, pour partager ma vie.

Un grand silence tombe sur la foule. Dans l'embrasure de la porte grande ouverte, se profile la silhouette

massive du Seigneur borgne. Les gens s'écartent craintivement, créant spontanément un corridor libre entre le maître et sa protégée.

Margie se dégage vivement de George, essuie furtivement ses yeux et plaque un grand sourire sur son visage. Elle salue la foule à deux mains. Puis, en quelques bonds rapides et gracieux, la splendide héroïne rejoint la chapelle. Elle se retourne, salue une dernière fois, le regard tourné vers un jeune homme en particulier perdu parmi la foule. Un tumulte d'applaudissements éclate, des bravos, des hourras, des sifflets joyeux.

Puis la jeune femme disparaît dans la pénombre et la porte se referme sur elle.

◆

Ils avaient encore un peu de temps avant le départ.

Le Borgne commença par badigeonner Agile de désinfectant. Partout, minutieusement, en profondeur. Comme les autres fois, elle fermait les yeux et se laissait faire. Il la palpait doucement, lentement, explorant son corps avec délicatesse, plus à fond qu'aucun autre ne l'avait jamais fait.

Le Borgne avait toujours eu l'esprit curieux. Il fouillait toujours – au propre et au figuré – plus loin que les autres. Lui qui n'avait jamais bourgeonné, il avait été intrigué de capter les sécrétions de l'animal à travers ses palpes huileux.

Parfois, Agile poussait un petit soupir, ou frémissait. Le Borgne faisait très attention. Il avait appris à interpréter ses expressions. La première fois qu'elle avait été secouée de spasmes, il avait été très surpris. Plus extraordinaire encore, par le biais des humeurs intimes qu'elle sécrétait, il avait senti les vibrations le gagner lui aussi. C'était... nouveau. Étonnant. Inavouable.

C'était comme une drogue. Il ne pouvait plus s'en passer.

IX

Épilogue
(Livre premier)

Margie frissonne et s'abandonne au rituel de la communion des corps. Des corps si dissemblables, et portant si proches. Une expérience à la fois terriblement étrange… et merveilleusement excitante.

Ensuite, le rituel change. Elle ne reviendra pas à Londres aujourd'hui. Le maître lui fait boire de l'eau. L'eau acidulée qui calme les initiés. La tête lui tourne et ses idées s'embrouillent, mais elle se laisse faire, confiante. Puis il manipule un levier et, soudain, le sol semble se dérober sous eux. La portion du plancher où ils se trouvent s'enfonce doucement sous la chapelle. Contre toute attente, ils descendent au lieu de monter au ciel !

En dessous les attend une rutilante machine à main, le char des maîtres. Suprême honneur, Margie, bénie entre toutes les femmes, a le privilège d'y monter derrière son Seigneur. La machine les porte à travers une enfilade de corridors.

Ils débouchent dans une vaste salle, où s'affairent de nombreux maîtres qui les regardent passer. Margie, un peu étourdie, se force à sourire. Elle soutient le regard de ces énormes yeux… tout en se pressant contre son maître.

Enfin ils débouchent… ailleurs.

On n'y voit rien. Un noir houleux. L'air bouge. Des gouttes d'eau martèlent le corps nu de Margie. Un peu comme la douche dans les cages, mais l'eau est plus tiède.

L'Extérieur! Ce doit être ça, le vent et la pluie dont parlent les anciennes légendes. Transportée d'allégresse, Margie offre son visage aux éléments, savoure l'eau qui ruisselle sur sa peau, les bourrasques qui ébouriffent sa coiffure.

Le maître, prévenant, l'enveloppe d'une sorte de couverture métallique dorée. Comme une cape de reine dans les histoires d'autrefois. Enchantée, Margie se met à rire en se pavanant. Toujours montés sur leur destrier, la reine et son fier chevalier s'enfoncent plus avant dans la nuit.

Jusqu'à… quoi, un donjon ou une sorte de tour? Margie croit deviner la haute silhouette d'une masse sombre dressée dans la nuit. Ils laissent là leur monture et le maître la porte à l'intérieur.

◆

C'est un peu comme la cage de Londres, en miniature : une enfilade de sphères communiquant entre elles. Mais les parois, au lieu d'être dures et lisses, sont légèrement spongieuses au toucher. La plupart des alvéoles sont déjà occupées par d'autres maîtres. Margie et son maître s'installent dans une des cavités, juste assez grande pour les accueillir tous les deux.

Le maître a apporté un attirail avec lui. Des tubulures qu'il fixe à la paroi et relie à une pipette. Margie, le souffle court, fixe l'instrument qu'il appose délicatement sur son bras. Après avoir communié avec le maître au plus profond de son corps, l'heure de son initiation serait-elle enfin venue ? Doit-elle se prêter au sacrifice du sang ?

Sereine, Margie ferme les yeux et livre sa chair au maître avec confiance… jusqu'à ce que la douleur tranchante lui arrache un cri. Impulsivement, elle cherche à se dégager. Mais le maître la maintient fermement. Peu à peu, la sensation de brûlure s'apaise, remplacée par une sorte d'engourdissement le long du bras. Surprise, Margie remarque le flot de liquide dans la tubulure translucide fixée à la pipette. Ce n'est pas son sang qui est aspiré. Au contraire. Une substance verte s'écoule en elle. Quel nouveau rituel est-ce là ? Quelles nouvelles portes son maître va-t-il lui ouvrir ?

La sensation d'engourdissement monte dans son épaule, remplit son cœur, coule dans son ventre. Margie écarquille les yeux, une vague inquiétude flotte au-dessus de la marée verte qui envahit son cerveau.

Non seulement la mystérieuse substance envahit-elle la jeune fille de l'intérieur, voici qu'elle se répand maintenant autour d'elle. Un brouillard vert suinte des interstices spongieux des parois. De lourdes volutes tourbillonnent autour des occupants du cocon. Le maître relâche son emprise. Il reste étendu aux côtés de Margie, immobile.

Impulsivement, Margie tend la main. Ses muscles superbes sont comme enrayés, le moindre geste demande un effort démesuré et l'air lui-même autour d'eux semble s'épaissir, se transformer en une colle visqueuse. Enfin, Margie trouve le contact rassurant du maître. Il l'emmène au ciel avec lui. Elle lui fait confiance. Un sourire figé sur ses lèvres rigides, elle sombre dans le néant vert.

◆

La brave petite biche ne bougeait plus. Le glyan faisait effet. Le Borgne lui aussi sentait l'engourdissement le gagner. Ses membranes s'imprégnaient progressivement du polymère protecteur. Pour le bétail, au cuir moins perméable, il fallait une injection interne.

Le polymère allait s'insinuer entre les organes internes, combler les moindres interstices, infiltrer la trame moléculaire même de son organisme. Le processus survenait partout dans la navette. Le réseau d'alvéoles se transformait progressivement en un bloc compact. Bientôt le système réfrigérant entrerait en action et le glyan passerait en phase solide. La navette, ses occupants et sa cargaison ne formeraient plus qu'un bloc rigide, capable de supporter sans faille des pressions colossales.

La biche supporterait-elle ce traitement ? Le Borgne avait déjà expérimenté plusieurs fois sur les viscères du bétail euthanasié. Puis sur la vermine poilue qui infestait les cages. Les résultats n'avaient pas toujours été heureux... À vrai dire, au début, les animaux arrivaient littéralement en bouillie. Mais maintenant la technique était bien au point.

La biche se conserverait en parfait état, le Borgne en était convaincu... ou presque.

◆

George, adossé à un mur, est seul parmi la foule. Autour de lui, l'excitation intense s'apaise peu à peu, les gens retournent à leurs petites affaires, leurs petites joies, leurs petites mesquineries...

« *Partager sa vie.* » George tourne et retourne ces ultimes paroles dans sa tête.

Margie est déjà une vedette. Ce sera la consécration à son retour, la gloire, tous les hommes à ses pieds, sans compter ce maudit maître qui la subjugue. Voudra-t-elle vraiment d'un blanc-bec sans aucun statut ?

La belle a commencé à s'intéresser à lui par suite de ses tentatives de communication avec le petit maître Will. Eh bien, il va continuer ! Il va devenir quelqu'un d'important, à sa façon. Et, qui sait, peut-être en apprenant à parler aux maîtres, George obtiendra-t-il éventuellement des nouvelles du ciel… et de Margie ? Il crispe les mâchoires et serre les poings, résolu.

Pendant que George rumine ainsi ses pensées, l'éclairage s'estompe, le va-et-vient diminue, les conversations s'assourdissent : la nuit artificielle tombe autour de lui.

Plus tard, un grondement familier ébranle Londres. George lève des yeux humides vers le plafond où un globe rouge luit dans la pénombre.

Margie l'Exemptée part pour le ciel. Ce ciel mystérieux que le prophète Wells nommait aussi Mars.

LIVRE SECOND

Découvertes

X

Au cœur de la chapelle

Les cycles passent.

George continue de s'entraîner à Greenwich, avec plus ou moins d'ardeur. Il est en meilleure forme qu'avant et supporte mieux les prélèvements, dorénavant.

Chaque fois il retourne à Oxford, rendant visite par la même occasion à sa mère, dont le ventre gonfle de plus en plus. Ann l'accueille toujours avec chaleur et lui raconte en long et en large les derniers potins du cercle.

Quand George croise Big Ben, il baisse respectueusement les yeux selon les usages et le dominant l'ignore plus ou moins. Une fois que les places sont bien établies dans la hiérarchie, cela évite les frictions.

Rex commence à montrer une tendance marquée à l'embonpoint ; il répugne toujours à faire de l'exercice, malgré les exhortations et les taquineries de George (« Tu as le ventre aussi rond que ma mère ! »). Et George le soupçonne fort de continuer à chasser clandestinement le rat. Sa frousse de l'autre fois ne lui a pas servi de leçon !

Le prefesseur Herbert, à qui George a confié ses velléités de communication avec les Seigneurs, fronce les sourcils : « Ce n'est pas dans les usages des Seigneurs,

Geo. Seuls de rares privilégiés parviennent à communier par la pensée avec les maîtres, à la suite d'un long entraînement à la méditation. Et encore, ces visions demandent de patientes études pour être correctement interprétées. Renonce à tes idées futiles, je te le dis pour ton bien. Sois humble… et prudent. »

George a des relations occasionnelles avec d'autres filles, évidemment. Mais le cœur n'y est pas. Chaque fois que les échos d'un lointain grondement se font entendre dans Londres, son cœur bat plus fort à l'idée que Margie est peut-être de retour. Mais ce n'est jamais le cas.

Les cycles passent, donc. Et malgré les recommandations du preffesseur Herbert, à chaque prélèvement, quand George entre dans la chapelle, il poursuit son projet.

◆

Chaque fois que cette curieuse bête venait se faire traire, elle recommençait son manège : elle gesticulait et tentait maladroitement d'imiter les sifflements respiratoires des drocres : Alouh ! Oulla ! *C'était d'un comique irrésistible aux yeux du Bourgeon. À force d'insister auprès de son aîné le Technicien, il avait fini par obtenir qu'on laisse un peu l'animal faire son numéro, avant de le traire.*

Bien sûr, l'animal ne parviendrait jamais à reproduire les infrasons nécessaires à une véritable communication. Et le Bourgeon, s'il s'amusait au début à tenter de reproduire les bêlements de « ggeg », jugeait maintenant inutile de se tordre ainsi le bec alors qu'il approchait de la maturité.

Enfin, le Bourgeon parvint au dernier stade. Des enzymes internes liquéfièrent une ultime membrane commune, et il se sépara de son aîné. Enfin détaché !

Pour marquer l'événement, le Technicien laissa tenir la pipette au Détaché. Au début, l'aîné guidait un peu les gestes du jeune drocre pendant la traite. Mais quand vint le tour de ggeg, le Technicien décida que le Détaché serait suffisamment en confiance avec cette bête familière pour procéder seul.

«Félicitationsmaîtrewill», fit ggeg en s'inclinant. «Vousvoilàlibreetaussigrandquemoi.» L'animal jeta un coup d'œil à la seringue et sourit timidement. «Cest… votreinitiationenquelquesorte?»

«Oulla!» Le Détaché émit une stridulation qui se voulait autoritaire et ggeg s'étendit docilement sur le banc. Le Détaché appliqua la pipette à l'emplacement prévu. Un peu hésitant, il appliqua la pression.

Il n'avait pas enfoncé la pointe assez vite, ni assez fort. Et il n'avait pas bien immobilisé l'appendice de ggeg. L'animal cria et sursauta, tandis que la pipette lacérait sa chair sans bien se fixer. Ggeg se tut rapidement, heureusement.

C'est alors que le Détaché se rendit compte, avec surprise, que la bête avait encore les yeux grands ouverts et tremblait de tout son corps. Manifestement, à voir sa gueule crispée, ggeg faisait des efforts désespérés pour ne pas hurler. Le regard sévère du Technicien épiant ses moindres gestes, Détaché fut heureux que la brave bête ne se débatte pas davantage.

Peu de lait rouge coulait par la pipette mal insérée. Une partie dégoulinait sur le plancher. Quand enfin ggeg ferma les yeux, Détaché ne voulut pas prolonger davantage son supplice. Il retira la pipette.

Le Technicien aîné considéra avec condescendance le bécher quasiment vide. Son ex-Bourgeon le regardait d'un air piteux. De toute évidence, le nouvellement Détaché ne souhaitait pas qu'on s'acharne davantage sur cette brave bête. «Nettoie-le», émit l'aîné. «Et fais mieux avec le prochain!»

◆

George entrouvre les yeux dans la pénombre. Son bras élance. Il a l'impression de n'avoir tourné de l'œil qu'un instant. Un certain temps a dû s'écouler, pourtant, car il a été rasé et désinfecté.

Quelque chose ne va pas, réalise-t-il soudain. Il n'est pas de retour à Oxford comme d'habitude. Il se trouve allongé, immobile. Mais il sent une vibration dans son dos : il se déplace ! Il est entraîné… vers un mur sur lequel il va s'écraser !

Impulsivement, le jeune homme roule sur lui-même et se retrouve par terre. Une trappe s'ouvre brièvement, éclairant… le tapis roulant qui s'y engouffre. George réalise enfin : il se trouve encore dans la chapelle !

George est par terre, la courroie roulante sifflant tout contre son oreille. Il reste là un moment, un peu étourdi. Puis la courroie s'immobilise. George se relève lentement, avec précaution. Près de lui, se trouve un amoncellement de bidons ; un peu plus loin, Will et son parent ! Apparemment, ils ne se sont rendu compte de rien.

Le cœur du jeune homme bat à tout rompre. Il sent la sueur couler entre ses omoplates, malgré la fraîcheur du lieu. Les deux maîtres sont penchés sur un corps, qu'il ne distingue pas bien de l'angle où il se trouve. Les Seigneurs sont en train d'officier, c'est le sacrifice du sang !

Georges est à la fois terrifié et exalté. Terrorisé à l'idée que le maître puisse constater sa présence et faire s'abattre sur lui les feux de l'enfer ; gonflé d'orgueil à l'idée d'être le premier humain, sans doute, à voir réellement ce qui se passe dans la chapelle. Mais comment retourner vers les siens tout raconter, sans être immolé pour son sacrilège ?

Osant à peine respirer, accroupi derrière les bidons, George essaie vainement de saisir le sens du mystérieux rituel qui se déroule devant lui : le sang qui coule, les gestes magiques des Seigneurs, le corps blanchâtre manipulé dans la pénombre…

Enfin, Will pousse un levier vers l'avant, et la courroie portante se remet en branle : le corps offert en sacrifice s'avance vers George, et le jeune homme reconnaît alors Joan. Troublé de contempler ce corps inerte, qu'il a connu chaud et moelleux, George étend impulsivement la main et frôle le crâne nu au passage. Joan bouge un peu et exhale un léger râle. Les maîtres soient loués, elle est vivante !

À pas feutrés, George suit le convoyeur dans la pénombre, jusqu'au mur. La trappe s'ouvre automatiquement sur un étroit et bref corridor, qui donne sur une seconde trappe. Celle-ci s'ouvre aussi et George entrevoit en un éclair le cercle d'Oxford. Mais déjà la première trappe se referme, replongeant la chapelle dans la pénombre.

George tourne son regard vers le chœur de la chapelle où officient les maîtres. Il assiste de nouveau au rituel, plusieurs fois, habité, il doit se l'avouer, d'une curiosité un peu morbide : l'un ou l'autre de ses camarades prendra-t-il le chemin du ciel ? Quel est-il, ce chemin, par où il pourrait rejoindre Margie ?

Ses yeux se sont habitués à la pénombre. George croit percevoir le contour d'autres trappes dans la paroi de la chapelle circulaire. Mais le convoyeur où reposent ses camarades inconscients se dirige toujours vers Oxford.

Vient un moment, cependant, où l'alchimie du sang est différente. Quand le grand maître effectue quelques passes magiques au-dessus du contenant de sang et y verse un élixir mystérieux, un léger bouillonnement survient et le sang vermeil vire instantanément au blanc pur.

George, de sa cachette, ne peut identifier le corps étendu, masqué à sa vue par les Seigneurs. Le petit maître, Will, lève des yeux interrogateurs vers son parent. Ce dernier s'empare du levier et le pousse vers l'arrière. Alors, au lieu de faire glisser le corps sur le tapis roulant, le banc métallique se soulève avec une sorte de chuintement.

À ce moment, George entrevoit enfin la silhouette grassouillette étendue sur le convoyeur. Rex !

Le banc métallique s'élève, toujours plus haut dans la pénombre. Et soudain, une nouvelle trappe s'ouvre au plafond de la chapelle. On distingue, comme de très loin, le reflet d'une lueur dorée. Et un effluve fugace émane de cet endroit mystérieux. Cette odeur agréable que George a remarquée dès son initiation. George est aussitôt certain d'une chose : quel que soit le ciel, c'est par là. Rex monte au ciel ! Et le ciel… sent bon !

Nez en l'air, George se contorsionne entre les bidons pour mieux voir. Peine perdue ! À peine entrouverte, la porte du ciel se referme déjà sur Rex.

Le petit maître se tourne vers les bidons. A-t-il perçu un frôlement inaudible ? Il fixe l'ombre de ses yeux immenses. George se fige, catastrophé. Will l'a-t-il repéré ? Va-t-il le dénoncer ? Le parent crache un sifflement sec. George, plaqué au sol, cesse de respirer. Il est bon pour l'enfer !

Mais… non, fausse alerte ! Le maître soit loué ! Le parent a rappelé son rejeton à ses devoirs. George entend les deux maîtres s'affairer sur leurs appareils. George, en sueur, exhale un imperceptible soupir. Puis, lentement, très lentement, il rampe dans la pénombre, sous le convoyeur, vers la trappe qui mène à Oxford. Aussitôt qu'elle s'ouvrira de nouveau…

La trappe ne s'ouvre plus ! Le sacrifice est terminé. Le pauvre Rex, qui n'avait sans doute pas la conscience tranquille, s'est présenté le dernier !

Et, de nouveau, le petit maître se tourne vers les bidons. Cette fois, tout est perdu : Will se dirige vers George ! Le jeune homme sent son cœur s'emballer, le sang battre contre ses tempes avec un vacarme d'enfer. Il se recroqueville sous le convoyeur contre la trappe close, tâchant de se fondre dans l'ombre, sans vraiment s'illusionner. George ferme les yeux et pense à Margie. Va-t-il la retrouver si les Seigneurs l'envoient au ciel ?

XI

Rocre

Nausée. Un spasme dans la poitrine. Le cœur dur et froid, libéré de sa gangue, palpite faiblement. Les côtes se soulèvent d'un millimètre.

Frissons. Un râle. La langue engourdie. De l'air ! Tousser. Cracher les miasmes verts.

Les yeux desséchés s'entrouvrent. Margie reconnaît le maître borgne, penché sur elle. Ils sont toujours dans l'alvéole spongieuse. Le brouillard vert a disparu. Quand vont-ils partir pour le ciel ?

Margie essaie de se redresser… sans succès. Surprise, furieuse, l'athlète force ses muscles à lui obéir. Enfin, avec une infinie lenteur, elle arrive à tourner la tête. C'est douloureux. Tout son corps fourmille de picotements. Sauf les doigts et les orteils : elle ne les sent pas du tout. Ni ses oreilles, ni son nez, encore engourdis. Margie écarquille les yeux, inquiète soudain. Que se passe-t-il ?

Mais le maître, calmement, l'enveloppe dans la couverture protectrice brillante. La respiration du Seigneur borgne est moins tumultueuse qu'à Londres et il paraît plus grand, moins tassé sur lui-même. Il la porte aisément avec ses deux tentacules centraux tout en se mouvant avec fluidité sur les autres. Ils se fraient un chemin à travers le réseau d'alvéoles, toutes vides à présent.

Les autres maîtres sont agglutinés dans un passage central, chichement éclairé de petites lampes rouges. Ils attendent, immobiles, agrippés à des rampes et à des échelons car le sol est en pente et de guingois. La coursive se termine en cul-de-sac. Margie a vaguement l'impression d'être arrivée par là, mais l'eau acidulée lui a laissé des souvenirs confus. Son visage frôle la paroi. C'est tiède. Une sensation bienvenue. Les lèvres desséchées de la jeune fille esquissent un sourire.

Soudain un bourdonnement se fait entendre. Une légère vibration se répercute tout au long de la paroi. Au bout du couloir, la cloison circulaire imbriquée dans une rainure métallique commence à tourner sur elle-même, très lentement. La paroi s'enfonce peu à peu. Un rai brillant jaillit, encercle la cloison et s'élargit rapidement. Les yeux de Margie, rivés sur cette lueur, sont comme deux braises intenses dans son corps engourdi. Enfin apparaît une large ouverture circulaire. Une douce lumière envahit l'habitacle.

Margie tressaille. Quelque chose les regarde par l'ouverture. Une sorte d'œil énorme monté sur un petit cou flexible, porté par un large corps plat. L'être insolite reste suspendu en l'air, en émettant un cliquetis et de petites bouffées de vapeur. La jeune fille songe un instant aux dragons des anciennes légendes terrestres. Heureusement, la chose s'éloigne en ondulant et en cliquetant.

Margie balaie vivement du regard le panorama qui se révèle à elle. Comment décrire ce paysage qu'elle n'aurait jamais pu rêver ? Ses yeux sautent du ciel rose orangé au sol ocre semé de cailloux, survolent les ravins, glissent le long des crêtes déchiquetées... Comme c'est vaste !

L'Extérieur. Mais pas celui des anciennes légendes de Londres, Margie en est immédiatement convaincue. Cela ressemble à ce que son maître lui a montré dans sa boule magique. Comme ce dernier s'approche avec elle de l'ouverture, Margie sent une bouffée d'air sur son visage. Glacial. Elle frissonne, à la fois d'excitation et de froid.

La porte circulaire donne sur le ciel. Le ciel de Mars.

◆

Rocre le magnifique! Volcans titanesques, canyons vertigineux, plaines immenses... un monde esthétique, épuré, grandiose. Sans pareil dans le système solaire. Plus de quatre révolutions solaires s'étaient écoulées depuis le dernier séjour du drocre borgne sur le monde souche. Il aspira avec délectation l'air ténu et vif, subtilement épicé de particules minérales. Il se souleva bien droit sur ses appendices, enfin délivré de l'oppressante gravité du Troisième monde, de ses miasmes insalubres et de son désordre touffu.

L'automate de reconnaissance aérienne s'éloignait. On avait expérimenté ces appareils volants sur le Troisième monde, mais la lourde gravité et la friction de l'air plus dense les rendaient trop énergivores. Les tripodes de transport, par contre, s'avéraient fiables sur l'un et l'autre monde. Deux d'entre eux s'approchaient rapidement de la navette transplanétaire, en tournoyant sur leurs pylônes locomoteurs. Un premier tripode se rangea devant l'écoutille ouverte. La plupart des membres du Clone s'installèrent dans la nacelle extérieure de l'imposant véhicule.

Les drocres se faisaient un point d'honneur d'affronter les conditions extérieures, froid extrême, air raréfié, basse pression. Ici, non loin de l'équateur, la température s'avérait un peu plus clémente le jour. Et une pellicule huileuse, voisine du glyan de par sa structure moléculaire, isolait efficacement leurs téguments. Mais même pour un organisme supérieurement adapté comme le leur, se mesurer à Rocre demeurait toujours un défi, à plus forte raison après une longue période de ramollissement sur le Troisième monde. Le Borgne, pour avoir expérimenté précédemment sur d'autres animaux, savait qu'Agile ne pourrait le supporter.

Déjà sur le seuil de la navette, le corps engourdi de la biche commença à être secoué de frissons, malgré la couverture isolante dont il l'avait enveloppée. Elle haletait et le regardait avec de grands yeux inquisiteurs. Le Borgne modula quelques notes pour la rassurer. À son oreille, les sons résonnaient tellement mieux dans l'air ténu de Rocre... dommage qu'elle ne puisse l'apprécier. Toujours ingénieux, le Borgne avait prévu un sac pressurisé pour fournir à la créature du Troisième monde le surcroît d'oxygène dont elle avait besoin. Il brancha ce sac à la pipette toujours implantée dans son bras. Puis il transféra rapidement Agile dans l'habitacle intérieur du tripode.

La navette cylindrique, à demi enfouie dans la tranchée qu'elle avait creusée à son arrivée, serait dégagée et récupérée plus tard. L'équipe d'accueil des tripodes, efficace, déchargea rapidement la cargaison de lait à l'aide des appendices métalliques équipant leurs véhicules. Le parcours transplanétaire s'était bien passé. Seuls trois bidons avaient éclaté. Un drocre avait été complètement déchiré, tandis qu'un autre avait perdu un appendice. Rien de bien grave. C'étaient les risques du voyage. Le glyan protecteur ne se diffusait pas toujours de façon homogène.

Parfois, des microcavités subsistaient et répercutaient les ondes de choc.

La chaleur intense générée par la rentrée dans l'atmosphère et l'impact au sol déclenchaient une réaction enzymatique qui liquéfiait le glyan quelques instants après l'arrivée. La biche semblait avoir assez bien supporté le traitement, mis à part quelques traces mineures : le cuir sec et fripé, la crinière plus clairsemée, l'extrémité des pattes et du museau d'une vilaine couleur. Mais elle était vigoureuse, elle s'en remettrait probablement.

Pour l'instant, Agile respirait plus calmement et avait cessé de frissonner. Elle n'avait d'yeux que pour le panorama qui tournoyait devant la verrière du tripode. Trois majestueux volcans se profilaient à l'horizon. Emportant leur précieuse cargaison de lait, les imposantes machines virevoltaient agilement sur leurs piliers hydrauliques, enjambant les obstacles, avalant les distances. Dans l'habitacle monté sur une suspension indépendante, on ne sentait qu'un léger roulis, un bercement plutôt agréable rythmé par l'écho assourdi des pas des machines.

Bientôt, ils quittèrent les hauts plateaux où ils se trouvaient et s'enfoncèrent au cœur du réseau de failles gigantesques qui couraient sur une portion appréciable de l'équateur. Ils s'enfoncèrent rapidement dans les entrailles de Rocre. Les canyons naturels firent place à de larges couloirs réguliers, creusés depuis des temps immémoriaux par le Clone.

Ils parvinrent finalement à l'une des voies principales. Une immense porte métallique commandait l'accès C1. Les tripodes s'immobilisèrent brièvement, tandis que la porte glissait silencieusement sur ses rails. Enfin, ils pénétrèrent au cœur du tronc ancestral.

XII

Naissance et extermination

Le petit maître actionne une manivelle. George, tapi dans la pénombre non loin de là, retient son souffle. Est-ce possible ? Will ne l'a pas vu ? Un déclic, un léger chuintement et… le parent du petit maître s'enfonce dans le sol ! Avec lui, disparaissent aussi une partie des bidons qui contiennent la récolte de sang du jour. À leur place, s'ouvre un grand trou dans le plancher de la chapelle, d'où filtre une vague lueur. Une nouvelle issue, en plus de celle dissimulée au plafond où Rex a disparu.

Un certain nombre de bidons sont encore empilés sur une sorte de plate-forme au ras du sol, montée sur des rails qui se terminent abruptement au bord de la fosse. Après quelques instants une large plaque remonte en chuintant du trou, pour venir s'encastrer exactement dans l'ouverture du plancher. Will pousse un bouton et, avec un léger grincement, le chargement de bidons glisse docilement sur ses rails jusqu'au monte-charge, qui l'emporte dans les profondeurs.

Une fois les bidons hors de vue, plus rien ne peut dissimuler George au regard du petit maître. De fait, Will tourne la tête vers le jeune homme au comble du désarroi. George sent son cœur s'arrêter, son sang se glacer. Le petit maître cligne brièvement des yeux et émet une sorte de gloussement… amusé (.???). Puis, très lentement, il étire un tentacule… vers le levier du convoyeur immobile qui traverse la chapelle.

George, appuyé contre la paroi, bascule. La première trappe de sortie s'est ouverte ! Sans plus réfléchir, le jeune homme se jette à plat ventre sur le convoyeur qui emprunte le corridor de sortie.

Enfin, s'ouvre la seconde trappe qui donne sur Oxford2. George est de retour sain et sauf ! Le ciel peut attendre encore ! Le jeune homme, soulagé, pousse un soupir et ferme les yeux.

Nigel, l'acolyte, le recueille et l'allonge sur le sol. Il s'étonne évidemment de voir George reparaître après tout le monde. Mais le jeune homme fait mine d'être inconscient. Nigel ne doit pas soupçonner le sacrilège inconcevable qui vient d'être perpétré. De toute façon, l'acolyte n'a pas le temps de rapporter à son supérieur cet accroc à la tradition.

Car l'alarme retentit dans Oxford2.

◆

« Alouh ! Alouh ! »

Le Nettoyeur, comme d'habitude, refoula le troupeau vers les autres enclos à l'aide des rayons infrarouges à la puissance minimum. Quand le terrain fut libre, il pénétra dans l'enclos par la salle de traite F, monté sur son module multifonctionnel.

Cette fois, cependant, il ne s'agissait pas du nettoyage de routine. Le Nettoyeur s'était muni d'un canon à gaz. Il introduisit la gueule du canon dans la grille des égouts et tira un projectile qui s'enfonça avec fracas dans les canalisations métalliques. Puis il y eut une détonation sourde.

Le Nettoyeur fit reculer rapidement son véhicule, tandis qu'une fumée noire et épaisse s'élevait lentement des égouts. Presque aussitôt, des couinements aigus se firent entendre. La vermine poilue à quatre pattes.

Ces bestioles omniprésentes et coriaces étaient porteuses de germes indésirables. On en avait encore découvert des traces aujourd'hui dans le sang d'une bête qu'il avait fallu sacrifier.

Une de ces affreuses bestioles réussit à sortir par la grille, mais les volutes toxiques l'entouraient de toutes parts. La bestiole fit quelques pas chancelants, puis, secouée de spasmes, les yeux exorbités, elle se figea définitivement.

Bientôt, les couinements en provenance des égouts cessèrent tout à fait. Le gaz toxique continuait de stagner au sol. Le Nettoyeur y dirigea de grands jets de vapeur et la fumée précipita en une poudre noire. L'eau bouillante entraîna la poudre de même que le cadavre de la bestiole dans les égouts.

Comme d'habitude, le troupeau humain massé derrière les grilles suivait avec curiosité toute l'opération. Pour faire bonne mesure, le Nettoyeur termina avec une bonne dose de désinfectant. Puis, la vermine éliminée au moins pour quelque temps, le drocre se retira.

◆

À peine revenu du prélèvement, George a dû comme les autres évacuer Oxford2 quand l'alarme s'est déclenchée. Pendant un horrible instant, il a cru que c'était après lui qu'on en avait !

Enfin, quand les grilles se relèvent et que chacun peut regagner ses pénates, le jeune homme va retrouver Ann, anxieux de lui raconter l'expérience extraordinaire qu'il vient de vivre.

Mais ce n'est pas aujourd'hui qu'il pourra se confier à sa mère. Celle-ci, peut-être influencée par l'agitation consécutive à l'opération de dératisation, sent les premières douleurs de l'enfantement. Elle en aura pour toute la nuit. Une acolyte sage-femme l'assiste. Bon nombre de femmes d'Oxford2 viennent tout à tour passer quelques moments avec elle, pour l'encourager. Les hommes, un peu mal à l'aise, détournent les yeux. Des enfants, éveillés par les cris occasionnels, en profitent pour jouer à faire des bébés.

Enfin, peu avant que les globes ne se rallument, Ann accouche d'un petit garçon vigoureux. Un bébé aux fins cheveux roux, qui comble Ann de bonheur et accapare aussitôt toute son attention. Les voisines se pressent pour admirer le poupon et offrir conseils et assistance. Big Ben vient aussi. Un sourire débonnaire au visage, le matamore tapote le petit et lui fait des chatouillis de ses gros doigts.

George ne partage pas l'enthousiasme général pour cette petite chose chiffonnée et braillarde. En fait, un peu hagard, il broie du noir. Avec qui partager l'expérience troublante qu'il a vécue dans la chapelle ? Ann est toute à son nouveau bébé. Et Rex, son camarade d'enfance, est parti pour le ciel.

Rex se trouve-t-il à présent dans un lieu de rêve, comme l'affirment les prefesseurs ? En tout cas, l'endroit dégage un fumet délectable. Le cher vieux glouton y trouvera son compte, George l'espère de tout son cœur. Un jour, ils s'y retrouveront… peut-être. Prefesseur et acolytes leur ont inculqué ces idées depuis toujours. Au moins en ce moment, la religion peut apporter un certain réconfort.

Quant à Margie… Il y a si longtemps qu'elle est partie, George commence à se convaincre qu'elle ne reviendra pas. Elle préférera rester au ciel, honorée des attentions du maître borgne…

XIII

La cité des Seigneurs

Margie fait son entrée dans la prodigieuse cité à bord du Géant mécanique. Pivotant sur ses trois jambes tel un fabuleux danseur, l'appareil parcourt une immense salle hémisphérique éclairée d'une multitude de globes étincelants. Partout, des maîtres vifs et élancés se meuvent avec grâce sur leurs tentacules. Au cœur de l'enceinte, une spectaculaire colonne de feu jaillit des profondeurs du sol. Les flammes, confinées dans un cylindre transparent, crépitent et s'élèvent en tourbillonnant. Des conduites rayonnent à partir de la colonne centrale et canalisent l'élément incandescent dans plusieurs directions.

Juchée à bord du Danseur géant, Margie jouit d'une vue d'ensemble. Des passages s'ouvrent un peu partout et sur plusieurs niveaux. Des mezzanines courent sur les parois et des maîtres circulent d'un étage à l'autre sur des convoyeurs et des plates-formes mobiles. Les murs sont lisses et gris, assez semblables au béton des cercles de Londres, mais sans fresques ni inscriptions pour les égayer. À mi-hauteur, le roc est laissé à découvert et des thalles floconneux rougeâtres s'agglutinent aux aspérités. Ici et là, des verrières hermétiques s'ouvrent sur des perspectives spectaculaires, gouffres, surplombs et falaises de l'Extérieur.

L'espace intérieur est subdivisé en partie par des cloisons basses sur lesquelles court un écheveau de fils, de conduites et de voyants multicolores. Les deux Géants mécaniques se séparent : l'un se dirige vers la gauche, tandis que celui dans lequel se trouve Margie prend à droite. Il passe devant une autre salle communiquant avec la première. Plusieurs maîtres s'y affairent à des activités mystérieuses autour de dispositifs complexes. Des machines à main creusent le roc et en extraient des pierres dont elles alimentent d'autres appareils. Des volutes vertes fusent, des monticules de poussière bleue s'accumulent, des tintements résonnent, de minces barres scintillantes sortent des entrailles métalliques des machines…

Margie, fatiguée par le voyage, examine tout cela avec un certain détachement. Plus tard, sans doute, quand elle sera plus reposée, son maître lui fera les honneurs d'une visite guidée plus détaillée. Mais un hurlement strident la tire soudain de sa torpeur : « Alouh ! Alouh ! ». Pourquoi ? Des maîtres, délaissant leurs tâches, se dirigent vers eux. Mais le Danseur géant poursuit sa valse vers les salles voisines.

Derrière une paroi translucide, se profilent des ombres noyées dans une matière verte. Cela rappelle le brouillard vert envahissant, au départ de Londres. Mais c'est plutôt la salle adjacente qui accroche le regard de Margie. Du haut de l'habitacle où elle se trouve, la jeune fille a une vue plongeante sur une série de murets. Ceux-ci délimitent des espaces circulaires dont le sol est tapissé de thalles rougeâtres. Ces cercles évoquent un spectacle étrangement familier aux yeux de Margie. D'autant plus qu'un certain nombre de créatures bipèdes sont confinées entre ces parapets.

Les occupants de cette salle ont une petite tête ronde dotée de grands yeux enfoncés dans des orbites

profondes. Ils sont à peu près de taille humaine, mais
là s'arrête toute ressemblance. Ces êtres étranges
n'ont pas de bras, mais une multitude de filaments blan-
châtres, d'apparence fragile, garnit tout leur corps. Ils
se déplacent très lentement, comme en ondulant, laissant une sorte de traînée cristalline sur leur passage.
Quelques maîtres circulent parmi eux. L'un des maîtres
est d'ailleurs penché sur une de ces créatures, occupé
à une besogne que Margie ne peut discerner.

Quand le Géant mécanique s'approche, ce maître
se redresse, laissant là la créature qui s'affale sur le sol,
petit tas cristallin émietté. Le maître se dirige aussitôt
vers le véhicule des nouveaux arrivants.

«Alouh, Alouh!» Le signal retentit de nouveau. De
nombreux maîtres convergent des passages avoisinants.
Certains d'entre eux, remarque Margie, ne semblent
guère en forme. Ils sont pâles et se déplacent avec
circonspection.

«Alouh! Alouh!» Le grand véhicule perché sur
trois pattes s'immobilise et les maîtres s'agglutinent
autour. Margie, à l'intérieur, croit deviner la raison de
cet attroupement. C'est pour elle qu'on sonne l'appel.
Ces maîtres du ciel ont été prévenus de son arrivée. Ils
veulent la voir. Elle est déjà une vedette, même ici.

À cette idée, le pouls de la jeune fille s'accélère et
le sang qui afflue dans ses veines redonne un peu de
couleur à ses joues. Mais l'air lui manque, et une
quinte de toux déchirante la secoue. Margie ferme les
yeux, se concentre. Il faut se calmer. Faire bonne
impression. Représenter dignement la race humaine.

Mais… le ciel ne peut-il attendre un peu? Faut-il
qu'elle performe déjà devant eux? Margie se sent si
faible, si fatiguée… Ankylosée dans toutes les fibres
de son corps, littéralement moulue de l'intérieur. Peut-
elle se donner en spectacle dans cet état? Sera-t-elle
à la hauteur?

XIV

Convocation

— Le professeur Herbert désire te voir, dit Nigel.

George suit l'acolyte. Cela tombe bien. Il songeait justement à aller lui-même trouver le pref. Ayant entrevu les mystères de la chapelle, George est convaincu que les intellectuels d'Oxford accueilleront avec exaltation ses révélations. Un témoin oculaire, voilà qui change des nébuleuses visions télépathiques ou des on-dit de la tradition. Il mérite un statut spécial, acolyte conseil, ou même professeur honoraire !

Le professeur Herbert, informé par Nigel du curieux retard de George à revenir de la chapelle lors de son dernier prélèvement, veut savoir ce qui s'est passé. George, conscient des connaissances inestimables qu'il détient, lui avoue tout.

Le professeur Herbert éloigne ses acolytes dès que George entame son récit. Front plissé, il écoute le jeune homme attentivement, lui faisant répéter plusieurs détails.

— Je pourrais en apprendre davantage une autre fois, conclut George. Je pourrais devenir votre assistant, ajoute-t-il avec culot.

Le professeur bedonnant considère un instant le jeune homme, une lueur indéchiffrable dans le regard. Puis il se lève brusquement.

— Damnation ! lance-t-il. Sacrilège !

Ses yeux lancent des éclairs. Il crache par terre. Arrache des poils follets sur sa poitrine, le visage convulsé. Les acolytes, inquiets, accourent. Le prefesseur Herbert pointe un doigt accusateur vers George médusé.

— Cesse de débiter des mensonges ! aboie-t-il. Tu n'es qu'un misérable rat qui fabule pour se rendre intéressant. Ne répète rien de tout cela à personne, Geo. Et repens-toi, sinon tu vas brûler en enfer bien plus tôt que tu ne le penses !

◆

Gros tas ignorant ! Jaloux ! Loin de décourager George, l'attitude méprisante du pref lui a au contraire donné comme un coup de fouet. Ils verront bien ce dont il est capable ! Il découvrira lui-même la Vérité !

Les prélèvements ont lieu plusieurs jours d'affilée, chaque génération à son tour. Ceux qui passent les jours suivants rapportent que le petit maître officie désormais seul. George en est content, car il se sent en confiance avec Will. Celui-ci s'est montré bienveillant. Une nouvelle idée bouillonne en lui, tellement magnifique qu'il en est transfiguré d'orgueil. Si seulement Rex et Margie étaient encore là pour voir ça !

Le lendemain, quand les lumières clignotent et que le hululement des maîtres appelle une nouvelle génération au sacrifice, George se glisse inopinément au début de la file et entre le premier dans la chapelle, à la stupéfaction générale ! Ce n'est pas son jour, pourtant. Il a été rasé tout récemment. On n'a jamais vu ça !

Big Ben, cheveux roux phosphorescents, fait partie des appelés aujourd'hui. Par tradition, le dominant a le privilège de clore la file. Il apostrophe le prefesseur.

— C'est quoi, ce bordel, Herb ?

— Il est… fou, c'est la seule explication, balbutie le preffesseur. L'enfer l'attend, c'est sûr !

Plus tard, quand le convoyeur commence à ramener, inconscients, ceux qui ont subi le prélèvement, Herbert ne s'étonne pas de l'absence de George. Il ne s'attendait pas à ce qu'il revienne. Le digne preffesseur se permet même un petit sourire. Les fauteurs de troubles doivent être éliminés pour que soit préservé l'ordre établi.

◆

Le prélèvement du jour s'achève avec le retour de Big Ben sur le convoyeur. Assez costaud pour supporter sans trop de peine le sacrifice du sang, celui-ci se réveille presque aussitôt revenu dans le cercle. Un dominant doit toujours être en mesure de recouvrer ses forces rapidement même si, par un accord tacite, on n'affronte personne un jour de prélèvement.

Big Ben grimace en reconnaissant Herb penché sur lui. C'est contraire à tous les usages. Mais les traits crispés du gros pref trahissent son inquiétude.

— Tout s'est bien passé ? demande-t-il. Les maîtres ne sont pas en colère ?

Big Ben, les yeux exorbités, contemple sa nouvelle cicatrice. Il en a déjà des dizaines d'autres, bien nettes, bien alignées. Mais celle-ci est de travers, irrégulière.

— Ce maudit morveux, Geo… commence-t-il.

Ben secoue la tête, encore incrédule.

— C'est lui qui m'a fait mon prélèvement !

NIVEAU C1 DU TRONC ANCESTRAL

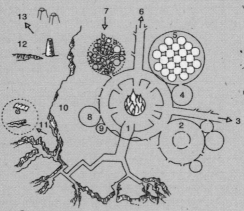

1. Sas
2. Salle d'extraction
3. Vers la branche A
4. Réserve de slics
5. Enclos d'élevage
6. Vers la branche B
7. Détail du tunnel 11
   a. Cage du bipède agile
   b. Cage des rongeurs du Troisième monde
8. Entrepôt de lait rouge
9. Puits express vers les autres niveaux
10. Crête de stase (au niveau 4)
11. Vers le site d'impact des navettes
12. Site de lancement
13. Vers les mines volcaniques

XV

Ponts entre deux mondes

La cargaison de lait en provenance du Troisième monde était la bienvenue. Car la famine menaçait le Clone drocre. Le monde souche, dans sa grandiose majesté, imposait des conditions bien rigoureuses au bourgeonnement de la vie.

Il n'en avait pas toujours été ainsi. Jadis, au printemps de sa jeunesse, Rocre exhalait le chaud magma de ses entrailles par ses volcans, l'atmosphère était plus dense et l'eau ruisselait à la surface. La vie fleurissait. Les lichens rouges foisonnaient, broutés par des hordes de slics, ces bipèdes siliceux à tête ronde. Les premiers spécimens du Clone drocre n'avaient que l'embarras du choix pour aspirer le suc vital des bêtes les plus juteuses.

Puis, insensiblement, au fil des ères géologiques, l'atmosphère s'était raréfiée et Rocre s'était refroidi. Le Clone drocre s'était adapté progressivement, une adaptation tant physiologique que technologique qui témoignait à la fois de son ingéniosité et de sa robustesse.

Les drocres s'étaient enfoncés au creux des canyons encaissés, puis avaient creusé les racines même du monde souche, de plus en plus profondément, canalisant les sources d'eau qui ruisselaient encore entre

les strates rocheuses, harnachant l'énergie des lointaines poches de magma qui subsistaient au cœur de
Rocre. Le tronc ancestral s'était développé en suivant
la topologie du substrat rocheux. Aujourd'hui, il
comptait douze branches ramifiées sur plusieurs
niveaux.

Les drocres pouvaient encore supporter les conditions qui régnaient en surface, du moins pendant un
certain temps, ils s'en faisaient même un point d'honneur. Mais cela requérait une considérable dépense
d'énergie physiologique. Aussi, dans les labyrinthes
qui couraient sous la surface du monde souche, le
Clone avait-il recréé, en partie, les conditions primitives.

Quant aux slics, domestiqués, ils n'auraient pu
désormais survivre à l'état sauvage. En fait, leur
race chétive s'étiolait. Ils supportaient difficilement
la vie en enclos et la productivité était à la baisse.
On en gardait un certain nombre en réserve, préservés
dans le glyan. Mais les rations limitées ne suffisaient
plus à maintenir la vitalité du Clone et les bourgeons
se faisaient plus rares.

La solution, heureusement, était venue de la colonisation du Troisième monde. C'était une nécessité
absolue. Une course contre l'extinction. Dès que les
instruments d'observation détectèrent la présence de
vie sur le Troisième monde, on envisagea la perspective d'une Grande transplantation. Aiguillonné par le
besoin, le Clone développa rapidement la technologie
du tir spatial et lança ses rameaux les plus vigoureux
dans l'entreprise.

Ce fut un désastre.

Tout d'abord, l'environnement sur le Troisième
monde était très pénible à supporter. Une transplantation nécessiterait un long processus d'adaptation,
étalé sur de multiples générations.

Par contre, les bipèdes primitifs qui pullulaient sur ce monde s'avéraient très nutritifs, une fois qu'on s'habituait au goût un peu fade de leur lait (une compatibilité biochimique qui avait conduit le Borgne à envisager l'hypothèse d'une origine commune). Les bipèdes du Troisième monde avaient été faciles à mettre au pas. Le Borgne, encore jeune bourgeon à l'époque, se souvenait d'avoir vaguement entendu parler d'incidents malheureux, deux ou trois tripodes qui auraient été endommagés par les bipèdes, mais c'étaient des coups de malchance.

Non, le véritable problème avait surgi d'une direction totalement inattendue. Des germes insignifiants eurent raison de la première tentative de colonisation du Clone drocre! Il faut dire que Rocre, du fait des conditions drastiques qui y régnaient, comptait très peu d'animalcules. Ils étaient totalement inoffensifs pour les drocres, soumis à une sélection impitoyable depuis des générations immémoriales. Pressé par le temps et trop confiant en son endurance, le Clone avait complètement négligé cette question.

Mais sur le Troisième monde, il en allait tout autrement. L'air, le sol, les carcasses animales, tout était infesté d'ennemis invisibles. Quand les premiers commandos étaient tombés malades, il était trop tard. Les malheureux n'avaient eu que le temps de prévenir le monde souche de leur erreur, par ondes radio, avant de succomber.

La nature du Clone n'est pas de renoncer. On avait tenté des tirs spatiaux vers le Deuxième monde. Les conditions torrides qui y règnent sont insupportables. Les navettes fondaient à l'arrivée.

Pendant ce temps, sur Rocre, on expérimentait diverses mixtures sur des bouts de tissus ou sur des bourgeons défectueux. Après un certain temps, on avait envoyé d'autres navettes sur le Troisième monde, dans des régions isolées, pôles ou déserts de sable, moins contaminées. On avait testé les mixtures sur des germes isolés. C'est ainsi que le désinfectant avait été mis au point.

La deuxième tentative de s'implanter sur le Troisième monde put alors commencer. Il n'était plus question de transplantation globale, les conditions s'avérant trop défavorables. On projeta cette fois un élevage contrôlé et un pont alimentaire entre les deux mondes.

Ce fut un grand succès.

◆

Le lait rapporté par le premier tripode serait entreposé pour usage ultérieur. Quant au second tripode, il devait procéder à une distribution immédiate. Les drocres se mirent en file, impatients d'avoir leur ration nutritive. Pendant ce temps, dans l'habitacle du tripode, le Borgne vit Agile s'agiter. Elle s'efforçait de se lever. C'était bon signe si sa motilité revenait, jugea le Borgne. Toutefois, doucement mais fermement, il maintint la biche au fond de l'habitacle du tripode, tandis qu'elle roulait des yeux interrogateurs.

Mieux valait ne pas trop l'exposer. Ce n'était ni le moment ni l'endroit convenables. Les idées excentriques du Borgne étaient tolérées, à condition qu'il prenne certaines précautions. La contagion qui avait scellé l'échec de la première vague de colonisation avait marqué les esprits. Craintes irrationnelles, se gaussait le Borgne : le désinfectant utilisé désormais avait définitivement réglé ce problème.

Une fois la cargaison débarquée, le Pilote du tripode les conduisit jusqu'à un passage secondaire situé un peu plus loin. Le Borgne débarqua, portant la biche emmaillotée dans sa couverture. Il s'engagea dans un tunnel sinueux ponctué d'embranchements, sans la moindre hésitation. Sa longue absence n'affectait en rien la mémoire clonale. Ils se trouvaient dans une antique section du tronc ancestral qui remontait au début du Clone. Des passages étroits se faufilaient par les failles du substrat rocheux, suivant la déclivité naturelle, pour aboutir à des alvéoles exiguës. Ces dernières étaient utilisées comme ateliers spécialisés, dépôts de matériel ou, tout simplement, abandonnées à la suite de l'excavation de salles plus grandes.

Enfin il parvint à une des alvéoles les plus isolées. Au fin fond du niveau 1 de la branche C, consacré aux activités primaires comme l'extraction et l'élevage, le Clone autorisait son membre borgne à se livrer à ses petites marottes. Derrière une cloison transparente s'ouvrait une pièce circulaire creusée dans le roc. Juste avant cette cloison, une niche encastrée dans le roc était elle aussi munie d'une paroi transparente qui permettait d'en observer les pensionnaires. Le Borgne s'arrêta un instant devant cette niche, curieux de voir dans quel état étaient ses cobayes.

Agile émit un cri de surprise. Elle ne s'attendait pas à retrouver ici d'autres bêtes du Troisième monde ! Ses lèvres craquelées articulèrent avec difficulté un son qui désignait probablement pour elle ces petits quadrupèdes poilus : « rats ! »

Le Borgne avait expérimenté sur eux les techniques de transport lors de son dernier voyage. Ces bestioles ne prenaient pas trop de place et il fallait déterminer la dose optimale de glyan à utiliser. Sur une douzaine, cinq individus avaient survécu. Aussitôt réveillés, ils grignotèrent les restes des sept autres.

Le Borgne les avait enfermés dans cette pièce hermétique après les avoir désinfectés de fond en comble. Il leur donna le même lichen rouge qui servait à nourrir les slics. Des rejetons naquirent, plusieurs périrent, mais quelques-uns survécurent en ajoutant à leur diète leurs congénères moins vigoureux.

Depuis, d'autres drocres plus curieux que la moyenne avaient consenti à entretenir la ménagerie en l'absence du Borgne. Ce dernier examina avec curiosité les descendants des bêtes initiales. Les rongeurs ne payaient pas de mine : maigrichons, le poil hirsute, ils semblaient plus ou moins difformes par rapport à leurs ancêtres.

Mais le Borgne se désintéressa vite de cette vermine. Depuis qu'il s'était décristallisé à l'arrivée de la navette, une sorte d'obsession le hantait. Il déverrouilla la paroi transparente de la seconde niche et, délicatement, déposa Agile à l'intérieur. Après s'être assuré qu'aucun congénère ne les observait au fond de ce tunnel en cul de sac, il se pencha sur la biche.

Elle émit un petit gémissement. Encouragé, le Borgne déroula ses tentacules sur son corps, glissant sur sa peau, explorant les parties qui la faisaient tressaillir. Elle eut un faible soubresaut. Il continua. Mais ce n'était pas comme d'habitude. Il n'y avait pas de chaleur, pas de sécrétion. Il insista. Peine perdue. Elle avait fermé les yeux. Elle était dans ce curieux état propre aux bêtes du Troisième monde : elle dormait. Avec un claquement dépité, le Borgne retira ses tentacules.

À moins qu'elle ne fût inconsciente ? Il l'examina, son cuir décoloré par endroits, sa crinière effilochée, les extrémités de ses pattes violacées, du pus qui suintait ici et là. Le voyage l'avait abîmée. Elle était plus fragile que prévu. Plus fragile que les rongeurs. En fin de compte, ce n'était peut-être pas une bonne idée de l'avoir emmenée ici.

XVI

L'assistant du maître

Sa relève assurée, l'ancien Technicien s'était embarqué à destination de Rocre pour échapper à la gravité oppressante du Troisième monde. Et son Détaché était devenu technicien à la salle F; fier, enfin, de sa complète autonomie.

Le nouveau Technicien fut étonné de voir entrer ggeg. L'autre jour, quand il avait aperçu la pauvre bête tombée du convoyeur parce qu'il l'avait mal endormie, il l'avait laissée partir; sans en aviser son aîné intransigeant, qui aurait sans doute éliminé tout de suite l'inoffensif animal en cavale.

Cette bête avait toujours été docile. Qu'est-ce qui lui prenait d'entrer ici aujourd'hui? Il était trop tôt pour la traire de nouveau! Le nouveau Technicien enserra prudemment le fuseur infrarouge: avec les animaux, on ne peut jamais prévoir...

Ggeg s'inclina bien bas, en imitant comiquement les stridulations drocres: Will, Will... Puis l'animal resta à genoux sagement, un peu en retrait, ses petits yeux fixés sur le drocre avec admiration et reconnaissance.

Le nouveau Technicien se détendit. Brave bête fidèle! Il comprit que l'animal s'était attaché à lui, à cause de sa clémence de l'autre jour. Il songea à ce vieux Borgne, parti pour Rocre avec une autre bête. Pourquoi, après tout, ne pourrait-il adopter un petit animal familier, lui aussi ? Il pourrait le dresser, lui apprendre des tours, peut-être. Ce pourrait être amusant !

Le nouveau Technicien avait du travail. Ggeg saurait-il rester sage ? Avec l'impétuosité de la jeunesse, il décida de faire un essai. Il repoussa légèrement ggeg, qui se laissa faire, de sorte que les autres animaux ne s'agitent pas en l'apercevant. Puis il fit entrer une première bête, tout en surveillant ggeg du coin de l'œil. Ggeg l'observa sagement procéder au prélèvement, avec une curiosité manifeste.

Au moment de l'analyse du lait, survint quelque chose de très inattendu. Ggeg saisit lui-même le flacon de réactifs et fit mine de le verser dans le bécher. Le nouveau Technicien, étonné et ravi, le laissa faire. Son petit animal familier pouvait réellement apprendre des tours ! Ggeg l'imitait, comme un bourgeon aidant son aîné !

Ggeg était maladroit mais plein de bonne volonté. Le nouveau Technicien s'amusa beaucoup cette journée-là à lui montrer comment procéder. Ggeg apprit progressivement à se charger seul des analyses et même à désinfecter ses camarades inconscients, tandis que le nouveau Technicien manipulait la seringue pour la traite proprement dite.

Le jeune drocre était enchanté de son coup. Une perspective nouvelle s'ouvrait à lui : on manquait toujours de main-d'œuvre dans la colonie ; qui sait, un jour, on pourrait peut-être dompter des bêtes comme ggeg à effectuer elles-mêmes les opérations de routine ? Si lui, bourgeon hors-monde, réalisait cela, voilà qui en boucherait un coin aux anciens clones pétrifiés de Rocre !

Aujourd'hui on trayait des bêtes plus âgées et il fallut en élaguer deux : un vieux mâle boitillant dont le pelage crânien luisait d'un éclat inégal, à cause de la surabondance de poils gris (le nouveau Technicien ne se donna même pas la peine d'analyser son lait) ; aussi, une femelle qui toussotait et dont le lait devint tout blanc quand ggeg y versa le cocktail d'anti-corps.

Quand le nouveau Technicien actionna la plaque élévatrice qui les emporta, il remarqua ggeg, les yeux exorbités, les naseaux frémissants, qui se tortillait le cou pour essayer de discerner ce qui se trouvait au-dessus d'eux. Le nouveau Technicien s'amusa de la curiosité de son petit compagnon à deux pattes. Peut-être, éventuellement, lui ferait-il faire une promenade. Pour l'instant, ils avaient du travail et, imitant les stridulations sévères de son aîné, le nouveau Technicien fit comprendre à son apprenti de se concentrer sur sa tâche.

À quelques reprises, le jeune drocre tendit la pipette à ggeg, lui offrant de compléter son apprentissage en effectuant lui-même la traite du lait. Mais ggeg secouait la tête nerveusement, déclinant l'offre. Puis, vint le tour du grand mâle roux.

◆

Sans statut, humilié par le pref, son camarade d'enfance parti, abandonné par Margie, George n'a plus grand-chose à perdre. Si ce maudit Herbert ne veut pas de lui comme assistant, il se passera d'intermédiaire. Il deviendra lui-même l'assistant du Seigneur ! Et il finira bien par découvrir le chemin du ciel !

George sent son cœur se gonfler d'orgueil. Il a joué le tout pour le tout. C'était un pari un peu fou… et il

l'a gagné ! Le petit maître a accepté sa collaboration.
Il le traite comme un ami, comme un égal, presque.

La cérémonie du sacrifice n'a plus de secret pour
George. C'est assez troublant de manipuler ainsi ses
congénères, les aînés d'Oxford. Particulièrement quand
deux d'entre eux partent pour le ciel même si, comme
on le lui a inculqué, c'est pour le bien de tous que les
vieux et les malades font place aux jeunes. Jusqu'à la
fin, toutefois, il ne se résout pas à procéder lui-même
au prélèvement.

Mais quand arrive le tour de Big Ben, il se souvient
du jet d'urine infamant. Il s'avance, sous le regard ébahi
du dominant, fermement retenu par Will. Et, avec
une grisante sensation de pouvoir, George effectue
son premier prélèvement.

◆

On l'attend à son retour à Oxford, bien sûr. Sa
mère Ann, le petit Tommy pendu à son sein ; de nombreux curieux ; des acolytes ; les suivants du dominant. Des dizaines de regards braqués sur lui au sortir
de la chapelle. Et, surtout, Herbert et Big Ben. Ils
s'avancent vers lui, l'air menaçant.

— Sacrilège ! tonne Herbert.

— Sale petit morveux ! renchérit Big Ben.

George les toise d'un air méprisant, le menton haut,
le torse bombé. Une nouvelle confiance en soi irradie
de toute sa personne. Les choses ne seront plus jamais
pareilles. Sa récente expérience l'a transfiguré.

— Suffit ! jette-t-il sèchement.

Interloqués, les deux aînés s'arrêtent. Ben serre les
poings et montre les dents. George continue sans se
démonter, d'une voix ferme, désignant d'abord le prefesseur, puis le dominant.

— Toi, Herb, tu es trop fat pour accueillir mes révélations sur les rituels des maîtres. Convoque un conciliabule des preffesseurs, j'exige d'être entendu devant eux. Toi, Ben, c'est grâce à moi si tu es revenu, ton sang est en train de pourrir, pauvre loque !

Ben desserre les poings, l'air hagard. Des murmures parcourent l'assemblée. Est-ce possible ? Ce jeune homme a la faveur des maîtres ? Il défie la hiérarchie ? Ben et Herbert, imités par plusieurs, jettent un regard inquiet vers l'alcôve au plafond, où se meut l'ombre d'un maître. George, sans rien ajouter, s'éloigne tranquillement.

En fait son cœur bat la chamade. Ébahi par ce qui lui arrive. Cela semble presque irréel. Il va se doucher, appréciant la sensation bien réelle du jet froid sur son corps. Puis il s'adosse au mur et ferme les yeux, indifférent aux murmures qui courent autour de lui. Réfléchissant aux récents événements.

◆

Dans la chapelle, lors de l'analyse du sang de Ben, un léger trouble, un fugitif filet blanc est apparu dans le mélange, avant de se dissoudre presque aussitôt. Un instant, le petit Seigneur Will a semblé hésiter. Spontanément, George a poussé le levier du convoyeur vers l'avant, vers Oxford. Will a laissé faire, esquissant un geste qui aurait pu passer pour un haussement d'épaule (s'il en avait eu !).

Monter au ciel a beau être un privilège, au dire des prefs, la plupart des gens souhaitent reporter ce moment le plus longtemps possible. Pourquoi George a-t-il ainsi épargné celui qui l'a humilié ? Il n'y a pas vraiment réfléchi sur le coup. Peut-être parce que cette grosse brute était aussi capable de faire des chatouillis à un bébé ? Pour que le second fils d'Ann connaisse son père, contrairement à George dont le géniteur est parti prématurément pour le ciel ?

Le ciel… l'essentiel. Il lui reste encore à en découvrir le chemin. Le petit maître, sitôt les prélèvements terminés, l'a renvoyé sur le convoyeur, avant même d'expédier le chargement de sang par la trappe au sol. Une prochaine fois, peut-être ?

◆

Un frôlement tire George de sa rêverie. Il ouvre les yeux. Brent, un des subalternes de Ben, incline la tête et dépose quelque chose aux pieds du jeune homme. George saisit délicatement l'objet : un bracelet de paille ! Jamais il n'aurait rêvé de posséder un tel luxe ! Flatté, le jeune homme incline légèrement le menton en signe de reconnaissance, mais pas trop, en tâchant de se composer un air un peu hautain. Brent se retire humblement et, peu après, ce sont Joan et Sue qui viennent à lui, l'une apportant de la nourriture, l'autre de l'eau dans ses mains.

Plus tard, quand les globes du jour s'éteignent, Lizabeth, l'acolyte soignante, le rejoint à son tour. Elle lui apporte un peu de pâte sacrée, la pâte euphorisante réservée en principe aux nouveaux initiés. Puis, tandis que George mastique, les yeux clos, elle lui masse le dos. Les massages se prolongent, s'intensifient… Finalement, elle ne le quittera que peu avant le retour à l'éclairage normal.

Vraiment, réalise George, son statut social vient de se hausser de plusieurs crans. Et ce n'est pas du tout désagréable.

◆

De fait, dans les jours qui suivent, la hiérarchie subit plusieurs soubresauts dans les deux cercles d'Oxford. Big Ben a perdu la face publiquement en ne rabrouant pas George. Brent et d'autres subalternes, enhardis par la dégénérescence annoncée du dominant, osent le provoquer. Mal leur en prend! Big Ben, loin de montrer des signes de faiblesse, leur administre une solide raclée. Mais le colosse, la mine sombre, évite George. Ni lui ni personne n'ose se mesurer au protégé des maîtres.

Herbert a quitté Oxford. Ann, qui sait toujours tout, apprend à son fils que le pref est parti pour Westminster, à l'autre bout de Londres. Les prefesseurs des autres quartiers y convergent tous, pour tenir un conciliabule, comme George l'a exigé. Le jeune homme est satisfait. Il compte bien être convoqué sous peu à témoigner devant l'auguste assemblée.

De toute façon, peu importent les atermoiements des intellectuels, au fond. La renommée de George s'étend déjà dans tout Londres. On respecte et on craint à la fois ce jeune élu des maîtres. De tous les quartiers, des gens viennent le voir. Pour lui demander conseil au sujet d'un différend, le supplier d'intercéder auprès des maîtres pour un parent blessé, prendre des nouvelles des êtres chers au ciel, etc. On surestime nettement son pouvoir, George n'en est que trop conscient, et il répond par des périphrases vagues, essayant de ne pas trop s'avancer. «Je ne suis que l'humble serviteur des Seigneurs!» Toute cette attention le flatte, néanmoins. À sa façon, il a atteint la célébrité, comme Margie. Si seulement elle était là pour le voir!

George peut choisir de coucher avec la femme qu'il veut, toutes y trouvent grand plaisir (ou du moins le feignent, car George devine parfois une certaine réserve, un certain manque de spontanéité…). Mais l'esprit humain est ainsi fait qu'il se languit de l'inaccessible. Même en étreignant les plus plantureuses, c'est à Margie qu'il songe encore.

Sa mère Ann accueille la célébrité inattendue de son fils avec circonspection, contrairement à ce qu'on aurait pu croire. Peut-être sa nouvelle maternité la rend-elle plus conservatrice. Elle s'inquiète. « Sois prudent avec les maîtres, Geo. Souviens-toi de ton père ! » Et puis, elle est au courant des ragots : « Malgré les sourires de façade, il y a des mécontents et des jaloux, Geo. Plusieurs n'aiment pas l'idée que l'un des leurs les manipule quand ils sont inconscients dans la chapelle ! »

George hausse les épaules et continue d'assister le petit maître dans ses tâches. À l'instar de Margie qui s'est entraînée avec acharnement pour exceller dans son art, George s'efforce de maîtriser parfaitement toutes les étapes de la procédure. Peut-être, s'il donne entière satisfaction aux Seigneurs, gagnera-t-il le privilège d'en savoir plus sur le ciel ?

XVII

La cage du ciel

Pelotonnée sous sa couverture, Margie est adossée au mur, tout contre une bouche d'aération qui exhale un filet d'air un peu moins glacial que l'atmosphère ambiante. Elle mâchouille du bout des lèvres une matière rougeâtre, fibreuse et amère que son maître lui a laissée. Cela étanche un peu la soif, mais ça donne mal au ventre.

Elle examine ses mains, songeuse. Certains ongles ont noirci et du liquide incolore suinte dessous. Plus tôt, le maître a longuement massé ses doigts et ses orteils engourdis avec de l'onction sacrée.

Ensuite, le Seigneur borgne l'a laissée seule. Il est parti depuis assez longtemps, maintenant, et des sentiments contradictoires assaillent la jeune fille. D'un côté, elle se sent terriblement isolée, ici, si loin de la réconfortante promiscuité de Londres qu'elle a connue toute sa vie. Aussi Margie souhaite-t-elle que son maître revienne vite la réconforter. Par contre, elle se sent trop fatiguée, trop meurtrie, pour se prêter à la communion des corps.

Le doute s'insinue en elle. Pourquoi est-elle isolée ici, en si piteux état ? Le Seigneur borgne ne lui a pas montré cela dans sa boule magique. Peut-être attend-il qu'elle soit suffisamment rétablie du voyage avant de la présenter à ses congénères ? Margie redresse le menton, serre les dents. Il faut se ressaisir, se montrer une digne représentante de la race humaine.

Inlassablement, elle ouvre et ferme les mains, pointe et fléchit les pieds, pour les exercer à retrouver leur souplesse. Elle sent des picotements et un peu plus de chaleur envahir ses membres. C'est sans doute bon signe. Continuer, encore et encore !

Malgré ses muscles endoloris, Margie remarque qu'elle se meut avec une étonnante légèreté. Elle esquisse un sourire, encouragée. Peut-être est-ce un effet du mystérieux sac que son bon maître a enroulé autour de son bras ? Cela stimulerait-il ses forces ?

Un frôlement, soudain, lui fait lever les yeux. Est-ce son maître ? Non, d'autres Seigneurs. Trois ou quatre, agglutinés devant la paroi translucide. Ils l'observent de leurs yeux énormes. Regard indéchiffrable. Curiosité ? Attente ?

La jeune fille sent son pouls s'accélérer. Ils sont venus la voir. Le temps est venu de leur montrer ce dont elle est capable. Elle presse fébrilement le sac sur son bras, cela l'aide à se sentir moins essoufflée.

Elle oublie en un instant ses courbatures et le froid. Une bouffée d'excitation l'envahit toujours face aux spectateurs. Elle se relève en faisant virevolter la cape dorée autour d'elle, d'un geste théâtral, se révèle à eux dans toute sa splendeur. Son corps n'est peut-être plus aussi parfait, mais qu'en savent-ils, ici ? Il faut en imposer aux spectateurs, afficher sa confiance. Margie plaque sur son visage un sourire rayonnant et fixe les maîtres droit dans les yeux. Elle effectue une petite révérence, mutine. Tandis que son esprit carbure à pleine vitesse.

Quel mouvement exécuter ? Elle ne pensait pas performer dans cette pièce. C'est à peine assez grand pour faire quelques pas. Et puis, elle manque d'entraînement. Alors… y aller mollo pour commencer, quelque chose de simple… faire la roue, peut-être ?

Hop ! Son corps connaît le mouvement par cœur. Et réalise aussitôt que tout cloche. Quelque chose de faux, un déséquilibre dans le mouvement disproportionné par rapport à la poussée musculaire… Elle vacille, tente de se rattraper, ses doigts engourdis ne lui obéissent pas, elle s'affale par terre.

Margie redresse la tête, abasourdie. Tous ses instincts désorientés. Son poids n'est plus le même, au ciel ? Les maîtres, impassibles, continuent de l'observer.

Une chute. Ça arrive. Il ne faut pas laisser l'auditoire sur cette impression. Se relever. Recommencer. Mieux : marcher sur les mains.

Elle tombe encore ! La jeune fille grimace, haletante. Presse désespérément son sac d'air. Tous ses muscles crient de douleur. Les maîtres l'observent toujours.

Morte de honte, Margie se redresse péniblement, ébauche un pitoyable salut. Elle s'éloigne en boitant de la paroi translucide, agrippe sa couverture, se blottit dessous.

Après quelque temps, les maîtres s'en vont. D'autres viendront, régulièrement. Elle essaiera encore quelques fois de leur prouver son agilité. Vainement. À la fin, elle reste recroquevillée sous sa couverture, en sanglots. Et son mentor borgne ne revient pas. L'a-t-il abandonnée ? A-t-il trop honte d'elle ?

XVIII

Hors de la chapelle

Jour après jour, George continue son service d'acolyte auprès du maître Will, désormais aussi grand et plus massif que lui. Dans la sombre chapelle, chaque fois que quelqu'un monte au ciel, George se décroche le cou à essayer de voir au-delà. Peine perdue : le passage se referme trop vite. À peine discerne-t-il les reflets dorés et le parfum capiteux qui flatte son odorat.

Un jour, enfin, comme George s'apprête à regagner Oxford après en avoir terminé avec la cohorte habituelle, Will lui signale sans équivoque de rester. Le petit Seigneur actionne la manivelle qui fait descendre les bidons. George, le cœur battant d'excitation, assiste à l'ouverture de la trappe du plancher. Will le laisse s'approcher et regarder.

Sous la chapelle, s'étire un tunnel éclairé par des lampes rouges. George écarquille les yeux : il distingue une machine à main, le char fantastique des Seigneurs, rangée sur un côté du passage. Le chargement de bidons glisse sur des rails qui courent dans le tunnel et s'éloigne hors de vue. Le monte-charge revient s'encastrer dans le plancher. George soupire, déçu. Il aurait aimé en voir plus.

Mais voilà que le petit Seigneur se dirige vers une autre commande, une large roue marquée de quatre encoches. Il la tourne et… avec un léger chuintement, toute la chapelle se met à tourner !

Plus exactement, ce sont les installations centrales qui pivotent sur un rail circulaire. Le banc métallique se retrouve face à un autre point dans la cloison. Une autre des ouvertures que George a déjà remarquées dans la paroi.

Avant même que s'ouvre la porte, George a compris. Le prefesseur leur a déjà parlé en classe de l'hypothèse d'un érudit de Cambridge. La disposition illustrée sur la Magna Carta laisse clairement supposer qu'une même chapelle dessert quatre arrondissements voisins.

De fait, peu de temps après, des gens de ChelseaBis commencent à défiler dans la chapelle. S'ils sont surpris de voir George, ils ne le montrent pas trop. Il est vrai que tous savent déjà que George assiste le maître à Oxford2.

George remplit donc ses fonctions avec diligence auprès de ce nouveau groupe. La fatigue, cependant, commence à se faire sentir. Il doit s'efforcer de bien se concentrer. Il accueille avec soulagement la fin de la file.

Will envoie ce nouveau chargement de sang dans le souterrain. La trappe du plancher se referme. Est-ce tout pour aujourd'hui ? Il peut retourner à Oxford ?

Non ! Encore une fois, Will lui fait signe de rester. Et il fait de nouveau pivoter la chapelle.

◆

Pour le jeune Technicien, une fois passé le stade de la nouveauté, les opérations de traite étaient vite devenues routinières. Heureusement, c'était distrayant d'avoir ce petit animal savant pour l'assister. L'ayant vu à l'œuvre depuis plusieurs jours, le drocre était désormais convaincu de la parfaite docilité de son compagnon familier. Curieux de nature, ggeg s'excitait naïvement à la vue du moindre mécanisme. Aussi, le Technicien avait-il décidé de lui faire assister à l'événement spécial qui se préparait aujourd'hui.

Mais voilà que ggeg était de plus en plus lent, il incisait avec moins d'assurance. À un moment donné, il oublia même stupidement de mettre le réactif dans le lait. Le Technicien le siffla impatiemment... pour s'apercevoir que ggeg chancelait, les yeux fermés. Il somnolait devant lui !

Le jeune Technicien se radoucit. Ces petites bêtes du Troisième monde étaient bien peu résistantes. Il se rappela que, contrairement aux drocres, ces animaux avaient besoin de dormir près de la moitié de leur existence ! Le Technicien étendit ggeg sur le sol. L'animal se pelotonna en boule et émit un petit ronflement régulier qui fit glousser le jeune drocre.

Le drocre termina seul la traite de l'enclos 21, le quatrième attenant à la salle F, puisqu'il avait commencé par le 24 avant l'arrivée de ggeg. Cette tâche était donc terminée pour aujourd'hui.

Ggeg était toujours assoupi. Le Technicien fit claquer l'extrémité d'un appendice sur son museau, et l'animal se redressa en sursaut.

Le Technicien lui fit signe de s'avancer sur le monte-charge. Ggeg, bien qu'un peu hésitant, s'exécuta docilement. Le Technicien prit place sur la plaque avec lui. Quelle mimique eut la petite bête quand le Technicien actionna le mécanisme ! Joie, excitation, incrédulité ? Ils s'enfoncèrent côte à côte dans le puits qui donnait accès aux passages souterrains.

Le jeune Technicien s'installa sur son multimobile, garé dans le tunnel, et fit monter ggeg à ses côtés. L'autre, gueule béante de stupeur, pupilles dilatées, n'en revenait pas. Il semblait littéralement hypnotisé par les chromes luisants et les voyants multicolores. Il avança les doigts pour toucher, mais le drocre, d'un petit fouettement, lui fit vite comprendre de se tenir tranquille.

C'était un petit animal bien dompté, curieux mais docile. Comme on expédiait un chargement de lait aujourd'hui, le Technicien avait décidé d'amener ggeg assister à l'événement. Ce serait amusant de voir la réaction de ses collègues quand il se pavanerait avec son animal dans le complexe!

En fait, quand ils rencontrèrent le Gardien du secteur F, celui-ci se mit à gesticuler au-dessus de la tête de ggeg en sifflant de mécontentement. « Oulla! » La pauvre bête, tremblante, se recroquevilla tout contre le jeune Technicien. Il s'ensuivit un échange d'infrasons et de stridulations aigres-douces entre les deux drocres. Le Technicien dut consentir à enrouler un filin métallique autour du cou de ggeg. Son animal familier ainsi tenu en laisse, il put continuer à le promener.

Ils longèrent un corridor où couraient des rails sur lesquels se déplaçaient des bidons de sang. Puis ils pénétrèrent dans une grande pièce latérale. Le jeune Technicien était curieux de voir les réactions de ggeg devant les objets qui y étaient exposés. Il actionna un commutateur. Une lumière tamisée révéla le ramassis hétéroclite qui avait été entreposé là par le vieux Borgne.

Les petits yeux de ggeg s'arrondirent. Le Technicien le laissa descendre du mobile. Tirant un peu sur sa laisse, ggeg alla fouiner d'un objet à l'autre, en poussant parfois de petites exclamations. Après plusieurs générations de domestication, s'interrogeait le jeune drocre, le bétail peut-il avoir encore des réminiscences de ses origines sauvages?

Cela prenait bien un original comme le Borgne pour s'intéresser aux artefacts pré-coloniaux. Il avait glané ces objets ici et là autour de la station d'élevage. Il faut bien admettre que le bétail usait de certaines techniques arriérées, avant le Débarquement. Peu de drocres avaient pris la peine de s'y intéresser. Ils avaient répertorié et nommé ces objets dans leur langage, devinant parfois plus ou moins leur fonction grâce à la puissance de l'intellect et du savoir clonal.

Il y avait là, dans la salle, un canon et des boulets (armes plutôt inoffensives qui avaient été utilisées contre le Clone lors du débarquement); une lunette astronomique (d'assez bonne qualité, tout de même); une pipe et un chapeau melon tout fripé (rôle totalement inconnu); une portion de la cheminée d'une locomotive (élément décoratif?); une roue de fiacre (sorte de module de transport), la statue d'une bête humaine (dont la tête manquait) montée sur un autre animal quadrupède à crinière.

Il y avait aussi des images (fixes et bidimensionnelles seulement) composées de pigments appliqués sur un mince support assez fragile (la plupart étaient en piètre état). Ggeg contemplait d'un air ahuri les reproductions de bêtes de son espèce habillées de curieuses étoffes. Des paysages du Troisième monde étaient également représentés : arbres, fleuve, collines, grand voilier sur une mer démontée... Une autre scène dépeignait un des principaux repaires des animaux avant le Débarquement : bâtiments grotesques, pont à tourelles, dôme ou tour prétentieuse qui n'étaient plus aujourd'hui que ruines non loin de la station d'élevage.

Ggeg examina aussi avec une drôle de grimace des bocaux remplis de désinfectant, où le Borgne conservait divers petits spécimens de la faune du Troisième monde (ggeg ne reconnaissait de toute évidence *que le rat et les grillons), de même que des portions de bétail de sa propre espèce : membres, organes divers, fœtus... Il y avait aussi un squelette entier que Ggeg considéra longuement, avec une perplexité évidente.*

Enfin ggeg s'arrêta devant une liasse de papiers jaunis et écornés, imprimés de gribouillis noirs et d'images de mauvaise qualité. On représentait en première page les grands chars de combat tripodes des drocres s'avançant au-dessus de bâtiments en flammes, tandis que des animaux humains vêtus d'uniformes ridicules abandonnaient leurs canons inutiles et fuyaient en tous sens.

Une seconde image imprimée, datant du premier Débarquement, arracha un cri de surprise à ggeg : un drocre inerte, dégoulinant, les yeux fermés, était entouré d'une racaille bipède aux visages empreints d'une joie manifeste. Le Technicien laissa échapper un crissement aigre et, d'un coup sec sur la laisse, arracha ggeg à la contemplation de cette scène dégoûtante.

Assez de ces vieilleries primitives ! Ils avaient plus intéressant à voir : le spectacle de la prodigieuse technologie drocre. Le Technicien fit remonter ggeg sur son mobile. Ils sortirent de la salle et s'engagèrent dans un passage qui remontait vers le dôme principal : le cœur stratégique de la station d'élevage.

Le dôme occupait le centre du large U formé par les enclos. Des collègues d'autres secteurs convergeaient dans la même direction. Certains fixaient brièvement ggeg avec des sifflements secs. Mais ils avaient du travail à faire : déplacer sur les rails appropriés des amoncellements de bidons, la production des jours précédents, qui occupaient une large portion du dôme. Ces chargements étaient envoyés vers une autre issue, une large porte coulissante qui s'ouvrait au fond du dôme.

Une fine bruine désinfectante formait comme un voile trouble dans l'embrasure de cette porte. Au-delà, on distinguait confusément l'extérieur. Il faisait nuit, le gros satellite de ce monde dévoilait son premier quartier. Des champs d'herbe rouge, dont on extrayait la moulée du bétail, oscillaient doucement sous la brise, de part et d'autre d'une allée centrale. Au bout de cette allée, se dressait majestueusement une structure si haute que n'importe quelle tourelle édifiée jadis par les bipèdes indigènes aurait paru ridicule en comparaison : le canon de lancement. Tous les chargements de lait y convergeaient. Le Technicien, toujours avec ggeg en laisse sur son module, franchit le rideau de jets désinfectants.

Ils se retrouvèrent à l'extérieur.

XIX

Convocation (bis)

Agile dépérissait. On voyait ses côtes saillir sous sa peau. Le lichen rouge ne semblait pas suffisant pour subvenir à ses besoins. Le Borgne, jamais à court d'idées, pensa aux rats, qui se mangeaient parfois entre eux. Peut-être cela leur procurait-il une sorte de supplément vital ?

De toute façon, ses expériences avec cette vermine étaient terminées, il n'en avait plus besoin. Une dizaine de rats étaient couchés les uns sur les autres dans un coin de la cage. Le Borgne introduisit une petite bille noire par une trappe au sommet de la cage. La bille éclata en tombant et, aussitôt, une fumée noire se répandit dans la cage. Les rats commencèrent à s'agiter, puis se calmèrent presque aussitôt. Le Borgne enclencha un ventilateur pour aspirer la fumée. Il s'agissait de les étourdir, simplement, afin d'en garder pour les autres jours.

Il choisit une bête aux flancs plus dodus que les autres et, après l'avoir généreusement aspergée de désinfectant, l'apporta à la biche. Jadis si vive, elle restait prostrée dans un coin. Mais quand il entra, son visage terne s'anima un peu. Le Borgne lui tendit le rat dodu. Elle lui lança d'abord un regard interrogateur, puis passa sa langue sur ses lèvres.

Elle saisit l'animal inerte, puis porta la queue à sa bouche.

Le Borgne, dégoûté, se retourna. Il savait bien que certaines bêtes indisciplinées du troupeau du Troisième monde grignotaient parfois des rongeurs en cachette. Mais il était pénible de voir la petite Agile réduite à ces bas instincts.

La façon drocre d'incorporer les nutriments était tellement plus raffinée! Leur anatomie élégante, fruit d'une longue évolution, ne nécessitait aucun de ces boyaux visqueux qui formaient les entrailles gluantes des animaux du Troisième monde. Pas de laborieux processus de transformation des aliments. Pas de résidu infect. C'était tellement plus propre et efficace de s'injecter le lait nutritif concentré, directement!

Dans son dos, la biche claquait des dents et masti-quait. Puis elle fit des gargouillis dégoûtants, à quelques reprises. Quand il jugea qu'elle en avait terminé, le drocre se retourna. De la bave dégouli-nait aux babines de la biche. Des résidus de queue cartilagineux gisaient épars devant elle. Du rat lui-même, apparemment, il ne restait qu'une grosse flaque de bouillie brunâtre étalée au sol.

Son œil unique frémit à cette vue. Le Borgne sortit précipitamment, ne pouvant tolérer une scène aussi disgracieuse. Il revint peu après avec un fuseur infra-rouge et stérilisa la bouillie brunâtre en la vapori-sant. Il ressortit aussitôt et, impulsivement, vaporisa aussi les autres rats qui commençaient à s'éveiller dans leur cage.

Non, il ne pouvait s'abaisser à tant de bestialité! Agile lui inspirait subitement de la répulsion.

◆

Alouh! Alouh! Un haut parleur grésilla. Aussitôt, le Borgne regagna la salle principale, s'efforçant de retrouver son impassibilité. Les Représentants du Clone avaient choisi ce moment pour le convoquer!

Bien sûr, le Borgne lui-même représentait une parcelle du Clone, comme tous ses congénères. À proprement parler, il n'y avait pas de hiérarchie chez les drocres. Clones identiques dotés de la même mémoire ancestrale, ils partageaient en général à peu près les mêmes idées. En pratique, toutefois, les facteurs environnementaux pouvaient influencer leur développement et moduler quelque peu leur personnalité. La gravité, par exemple, altérait la maturation des bourgeons hors-monde. Quant au Borgne, son infirmité était peut-être attribuable aux carences alimentaires qui sévissaient avant la colonisation; cette tare avait sans doute exacerbé son tempérament «original».

La plupart du temps, les drocres s'entendaient aisément sur la marche à suivre pour assurer la croissance optimale du Clone. Mais lorsque certaines idées divergentes étaient émises, on laissait le soin de trancher aux représentants les plus sains du Clone. Ces derniers avaient observé la biche dans son alvéole. C'est à ce sujet que le Borgne était convoqué.

Le Borgne prit place sur un tapis roulant qui l'entraîna rapidement vers la branche A du tronc ancestral. La topologie du substrat rocheux avait dicté l'aménagement du tronc. Des failles entaillant les parois du canyon délimitaient des escarpements où étaient creusées les douze branches du tronc ancestral. Chacune se ramifiait en un nombre variable de niveaux, selon le relief du site. Tout un réseau permettait un accès rapide d'une partie à l'autre du tronc ancestral : ponts hermétiques jetés entre les failles, passerelles, puits d'accès, etc.

Les moindres détails de ce labyrinthe étaient imprégnés dans la mémoire clonale du Borgne. Seuls les passages postérieurs à son éclosion devaient être mémorisés, mais il y avait eu peu de nouveaux aménagements depuis les périodes de pénurie. Heureusement, la situation tendait à se rétablir avec les importations de lait.

La branche A était à la fois la plus ancienne et la plus développée du tronc ancestral, avec ses six niveaux. À la base, le niveau 0 commun à toutes les branches, étaient centralisés les génératrices, mégapompes et autres systèmes environnementaux qui assuraient la circulation de l'énergie, de l'eau et de l'air au sein du tronc ancestral. Le niveau 1 de la branche A, comme pour la branche C, était consacré aux activités «primaires», extraction, élevage, entreposage. Le Borgne gagna un puits express où une plate-forme élévatrice l'emporta vers les niveaux supérieurs.

L'ingénierie occupait le niveau A2. En collaboration avec les branches voisines (secteurs B2 et C2), on y raffinait et transformait les barres de minerai obtenues des niveaux inférieurs pour assembler divers types de multimobiles. D'autres branches du tronc ancestral fabriquaient les multiples appareils nécessaires aux activités du Clone, tripodes, automates de reconnaissance, navettes, etc. Au niveau A3, on produisait des gaz neurotoxiques (tandis que la branche C se spécialisait plutôt dans la synthèse du glyan). En A4, réservé à la recherche fondamentale, avaient cours des expériences sur de nouvelles sources d'énergie, notamment les radiations ionisantes.

La plate-forme s'arrêta en douceur devant le sas du cinquième et dernier palier de la branche A. Il donnait sur l'extérieur. C'est là que le Borgne était attendu.

◆

Une seizaine de drocres étaient perchés sur un monticule rocheux exposé aux rigueurs de Rocre. Immobiles. Impassibles. En état de stase.

Le Clone reconnaissait facilement ses représentants les plus sains. C'étaient ceux qui pouvaient affronter le plus longtemps l'atmosphère extérieure tonifiante du monde souche. Des drocres exceptionnellement vigoureux et au tempérament de fer. Leur métabolisme réduit au strict minimum, leur vaste intellect perdu dans la contemplation de Rocre le magnifique, les Représentants pouvaient demeurer ainsi pendant un temps indéfini.

Ils se concentraient sur un rocher et fouillaient la mémoire ancestrale du Clone pour se remémorer les moindres détails de l'érosion subie par ce rocher au cours des millénaires. Ou bien ils observaient une tempête de sable qui balayait au loin les vastes plateaux de Rocre et comparaient ces arabesques de poussière aux innombrables tempêtes passées. Ou encore ils notaient les subtils harmoniques du vent et vérifiaient si le même motif avait déjà soufflé par le passé.

Pour le Clone, la stase constituait l'expérience esthétique ultime. Les Représentants les plus anciens, pressentant leur déclin, se laissaient parfois aller à la stase parfaite. Ils se fondaient en Rocre et se pétrifiaient lentement avec lui. Leurs corps accumulés au cours des siècles formaient le monticule sur lequel étaient perchés les Représentants drocres. Les cerveaux minéralisés en étaient extraits et venaient enrichir le sol du tronc ancestral. Par l'intermédiaire de la chaîne alimentaire, les molécules recyclées revenaient éventuellement se fondre dans la mémoire collective du Clone. Des remplaçants ayant fait

preuve de leur vigueur étaient alors appelés à com-
pléter la seizaine de Représentants.

À *l'exception des plus anciens, les autres Repré-*
sentants gardaient toujours, même au milieu de la
stase la plus profonde, un minuscule relais neuronal
en état de vigilance. Ils pouvaient réactiver instanta-
nément leur métabolisme au besoin.

Le Représentant le plus proche du sas A5 décorti-
quait les motifs de lumière polarisée réfléchis par
une paroi rocheuse quand le membre borgne parut.
Le Représentant sortit à regret de la stase. Il n'avait
pas besoin de consulter le reste de la Seizaine. Tous
les Représentants étaient allés à tour de rôle observer
le bipède du Troisième monde. La décision s'avérait
évidente.

Le Représentant émit un bref infrason à l'adresse
du Borgne, avant de retourner à ses jeux de lumière :

« *Débarrasse le Clone de cet animal !* »

XX

L'Extérieur
(Troisième monde)

Quand Will le conduit dans la salle aux trésors, George n'a pas assez d'yeux pour tout voir, pas l'esprit assez vaste pour assimiler tant de nouveautés à la fois. Il a parfois l'intuition que certains objets se rattachent à de vieilles légendes des conteuses, antérieures à la Sainte Invasion. Les images de gens vêtus lui paraissent choquantes (quelle hypocrisie de se dissimuler ainsi !). La forme humaine sans chair et les morceaux humains en bocaux évoquent peut-être comment les maîtres ont façonné le premier Homme ? Et que signifie cette illustration sacrilège : des humains se réjouissant de voir un maître… mort ? Est-ce déjà arrivé ?

Toutes ces réflexions se dissipent instantanément pour faire place à l'éblouissement le plus complet lorsque le jeune homme traverse les vapeurs d'onction sacrée.

C'est quasi indescriptible. Abasourdissant.

L'air bouge autour de George, un peu humide, chargé d'odeurs inconnues. Il fait noir, mais pas complètement. Des milliers de petits luminaires scintillent au-dessus de sa tête. Un croissant brillant est suspendu en l'air. George élève la main pour tenter de le toucher, mais il n'y parvient pas. Ce doit être un peu trop haut. La voûte scintillante se déploie dans toutes les directions, sur une étendue inimaginable.

George se sent un peu étourdi à contempler cette immensité. Il baisse la tête et s'appuie sur la machine à main. Will émet quelques gloussements amusés. Il immobilise son véhicule et montre autre chose de ses tentacules. Une énorme masse sombre qui se dresse devant eux. C'est une grande tour en forme de cône tronqué, de hauteur vertigineuse.

Soudain, venant de cette direction, un géant surgit de l'ombre ! Le monstre s'avance avec fracas en ondulant bizarrement. Effrayé, George se tourne vers Will. Mais celui-ci lui tapote le bras d'un mouvement apaisant et désigne la «tête» du monstre. Alors George réalise qu'il y a un autre maître dedans. Ce n'est qu'une machine, comme il en a vu sur une des images à l'intérieur, tantôt.

L'appareil géant pivote sur trois pattes en exhalant un peu de fumée au niveau de ses articulations. Il est doté de tentacules métalliques avec lesquels il saisit adroitement les bidons de sang pour les charger dans un grand contenant blanchâtre sur son dos. Ensuite le Marcheur tripode, de sa démarche ondulante, va porter son chargement dans la tour. Il revient ensuite, répétant la même chorégraphie pour prendre en charge le reste de la cargaison.

Pendant ce temps, Will et George attendent... quoi ? Le jeune homme, comme hypnotisé, ne se lasse pas de contempler au-dessus de lui l'immensité sombre parée du croissant blanc et semée d'une myriade de points lumineux. C'est fabuleux. Une douce certitude s'installe en lui. C'est ce que Margie a décrit dans sa vision : le ciel. C'est cela, le ciel !

La vue de George s'habitue tranquillement à l'obscurité. Il regarde plus attentivement autour de lui. Derrière, le dôme et la silhouette d'un grand bâtiment massif. Le jeune homme écarquille les yeux en réalisant de quoi il s'agit. Ce qu'il aperçoit ainsi de l'extérieur, pour la première fois, c'est son habitat depuis toujours. Ce bâtiment, c'est la cité de Londres !

À gauche et à droite, le revêtement bétonné sous ses pieds est bordé de monticules bas, recouverts de tiges vaguement phosphorescentes ondulant sous la brise. Une légère odeur embaume, du côté des herbes luisantes : la bonne odeur du paradis. Le convoyeur a peut-être déjà transporté les élus vers la mystérieuse tour ?

Dans la nuit, on entend le chant familier des grillons. Tandis que l'attente mystique se prolonge, George se sent soudain très calme, en paix avec le monde. Une seule chose lui manque : comme il voudrait partager tout cela avec Margie ! Elle aussi, sans doute, est témoin de merveilles dans sa tournée du ciel, quelque part là-haut ?

Soudain un avertissement résonne dans la nuit : « Alouh ! Alouh ! Alouh ! »

Will glapit d'excitation, son corps tendu vers la grande tour conique. Une sorte de grésillement monte de la base de la structure, puis, tout à coup, une détonation formidable.

Le cône noir crache une longue langue de feu. George porte les mains à ses oreilles, complètement assourdi. Le sol vibre sous ses pieds. Une odeur âcre emplit ses narines. Quelque chose de rougeoyant jaillit en sifflant de la tour et se précipite vers le ciel.

Pour George, c'est l'illumination, littéralement. C'est ainsi qu'on monte vers le ciel !

Ils restent là encore un moment, à contempler la brillante traînée du projectile qui file entre les luminaires scintillants de la voûte nocturne. Puis, Will émet un sifflement satisfait et tapote gentiment la tête de George. Celui-ci lui sourit à belles dents, reconnaissant d'avoir eu le privilège d'assister à ce spectacle grandiose.

Will est si gentil avec lui... En un sens, maintenant que Margie et Rex sont partis, il est devenu son seul véritable ami !

XXI

L'Extérieur
(Monde souche)

Sur une crête rocheuse dominant la branche C du tronc ancestral, plusieurs drocres immobiles s'exposaient aux rigueurs de Rocre. Parmi eux, le Borgne. Son œil unique parcourut lentement l'horizon.

Face à la corniche rocheuse se dressait le colossal canon qui arrachait les membres du Clone au monde souche. Des techniciens s'affairaient à préparer le prochain tir, allant et venant à bord de tripodes.

Non loin de là, à demi ensevelie sous une dune de sable, gisait la carcasse déformée du canon initial qui avait projeté vers l'intérieur du système solaire les héroïques pionniers du premier Débarquement. Après dix tirs couronnés de succès, le prototype surchauffé s'était affaissé et les gaz délétères avaient forcé l'évacuation d'une partie du tronc ancestral.

Un nouvel alliage avait été mis au point en un temps record pour ériger le canon actuel. Ce dernier s'était révélé à toute épreuve : il était utilisé depuis les lancements d'exploration vers le Deuxième monde, suivis du nouveau Débarquement sur le Troisième monde. L'Observatoire astronomique, dont la silhouette massive chapeautait la branche B, calculait les trajectoires avec une précision admirable.

Un convoi de pentapodes longea le canon. Ces mastodontes métalliques, pivotant lourdement sur leurs cinq pylônes, se dirigeaient vers les mines volcaniques. Les trois majestueux volcans dressés sur les hauts plateaux recelaient des composés rares utilisés pour mouler la coque extraordinairement résistante des navettes transplanétaires. Un autre volcan, situé plus au nord, fournissait les éléments nécessaires à la synthèse du glyan. Le site d'extraction au sommet même de ce mont titanesque – le plus imposant du système solaire – avait posé un formidable défi technique, relevé avec succès par le Clone.

Rocre offrait des ressources minérales illimitées. Des expéditions sillonnaient l'ensemble du monde souche. On avait aussi prospecté les deux satellites de Rocre lors des premiers tirs d'essais balistiques, sans rien y trouver d'intéressant, toutefois.

Des colonies temporaires étaient établies à l'occasion pour exploiter les diverses ressources. Mais seul ce vaste canyon offrait les conditions optimales pour abriter le Clone de façon permanente. Le tronc ancestral abritait aujourd'hui moins de $16^{2.5}$ drocres [2]; quelques seizoctaines [3] d'autres étaient en mission sur Rocre ou dans la colonie d'élevage. Que ce nombre suffise pour contrôler deux mondes démontrait la puissance et le génie du Clone.

Le Borgne détourna son regard du canon et des véhicules miniers. Il n'était pas venu sur cette crête pour observer l'activité diligente de ses congénères. Après sa brève rencontre avec les Représentants, il avait senti le besoin de se ressaisir. L'agitation qui l'avait gagnée plus tôt face à Agile était déplacée. Un état contre-productif. Il fallait nettoyer son cerveau de ces émois. Tout comme la tempête de sable

2. 1024
3. 16x8

qui balayait les plateaux de Rocre au loin. Le Borgne
se concentra sur les tourbillons de poussière. Comme
les autres drocres immobiles autour de lui, il s'efforçait d'entrer en stase.

Les drocres ne dormaient jamais. Du moins
n'avaient-ils pas ce besoin impérieux de perdre un
temps précieux à refaire leurs forces, comme les
créatures primitives du Troisième monde. Par contre,
ils pouvaient réduire leur métabolisme quand les
ressources étaient rares ou les circonstances difficiles, dans l'attente de conditions plus favorables.

Tous les drocres se faisaient un devoir d'entrer en
stase à l'occasion. C'était une expérience esthétique,
bien sûr. Mais aussi une façon d'économiser les
ressources disponibles et d'endurcir leur organisme.
Sur Rocre, depuis des millénaires, les conditions
devenaient toujours plus rudes. La plupart des drocres
ne parvenaient pas à une stase aussi pure que les
Représentants. Cela s'avérait aussi plus ardu avec
l'âge. Certains n'arrivaient plus à réactiver leur
métabolisme et s'engourdissaient involontairement
dans une stase terminale, victimes de la rigueur de
Rocre. Tant pis, ils étaient trop faibles pour être
utiles au Clone.

Il y avait longtemps que le Borgne n'était pas
entré en stase. Idéalement, il fallait river sa mémoire
ancestrale à une unique opération esthétique. Le
reste du puissant cerveau devait entrer en veilleuse et
maintenir le minimum absolu d'influx nerveux. Mais,
parfois, de vagues pensées continuaient de l'habiter,
dont le Borgne n'était plus totalement maître. C'était
un état intrigant, un peu inquiétant et pourtant atti-
rant. Comme les sensations auxquelles il avait eu la
faiblesse de s'abandonner avec Agile. Depuis qu'ils
étaient sur Rocre, ces… échanges avec la biche ne fonc-
tionnaient plus. Elle dormait la plupart du temps.

Des pensées confuses flottaient-elles dans son petit cerveau pendant son sommeil ?

Tandis que l'encéphale du Borgne s'acheminait doucement vers la stase, le dégoût qui l'avait envahi plus tôt face à la biche s'apaisait. La pauvre créature suivait ses instincts alimentaires, après tout. Il ne pouvait lui en tenir rigueur. S'il avait réagi si vivement, n'était-ce pas plutôt parce qu'il éprouvait du dégoût envers lui-même et les actes contre nature auxquels il se livrait avec cette bête ?

Agacé, le Borgne agita le bout d'un appendice pour chasser cette pensée. Sa manie de l'introspection le conduisait parfois à des raisonnements dérangeants. L'expérience avec Agile n'était pas concluante, de toute façon. Malgré son exceptionnelle condition physique, la biche avait souffert de la traversée transplanétaire et supportait difficilement les conditions relativement clémentes maintenues sous la surface.

Pourtant, l'idée semblait prometteuse. Géniale, même. Le Borgne aurait marqué le destin du Clone d'une façon exceptionnelle si son projet s'était réalisé : élever le bétail du Troisième monde ici même, sur Rocre. Car c'était là la véritable raison de la venue d'Agile : démontrer la possibilité d'acclimater un futur troupeau. Quelle économie d'énergie si on n'avait pas à faire transiter les précieux chargements de lait d'un monde à l'autre !

Pour mettre son idée à l'épreuve, le Borgne avait d'abord expérimenté sur les rongeurs poilus, qui ne prenaient pas trop de place, ni dans la navette ni au sein du tronc ancestral. Bien entendu il n'était pas question d'élever ces petites bêtes : même désinfecté, leur lait gardait un goût affreux et, de toute façon, le rendement était insignifiant. Mais la preuve était faite : des animaux du Troisième monde pouvaient

survivre ici pendant plusieurs cycles avec un entre-
tien minimal. Le Clone avait alors autorisé la phase
deux de l'expérience : rapporter ici un bipède laitier.
Le Borgne avait repéré dès son plus jeune âge cette
biche prometteuse. Qu'il y trouvât un avantage personnel inattendu ne regardait pas ses congénères !

Hélas, les bipèdes du Troisième monde s'avéraient
finalement trop fragiles. Au début, Agile avait essayé
d'accomplir ses cabrioles habituelles, mais maintenant elle restait prostrée dans son coin la plupart
du temps. Le régime de lichen rouge ne lui suffisait
pas et l'extrémité de ses pattes était abîmée : malgré
des applications répétées de désinfectant, elle allait
inévitablement perdre quelques appendices.

Les Représentants avaient rendu leur verdict. Et le
Clone ne dissipait pas ses énergies en vains palabres.
Ce que les Représentants décrétaient, on le réalisait.
C'était la règle immémoriale du Clone. D'ailleurs le
Borgne reconnaissait la justesse de leur décision.
L'expérience était un échec. Il devait y mettre fin.

Mieux valait euthanasier la pauvre bête.

À cette pensée, le Borgne sentit un certain affaisse-
ment l'envahir, différent de l'apaisement normal
du métabolisme. Il manquait de concentration. À ce
compte-là, jamais il n'atteindrait la stase ! D'ailleurs,
il commençait à sentir dans son corps la morsure
impitoyable de Rocre. Amolli par son long séjour sur
le Troisième monde, il ne supportait plus aussi bien
les conditions extérieures de son propre monde.

Le temps approchait où lui-même retournerait aux
racines du Clone. Cette perspective ne l'inquiétait
pas. Ses molécules recyclées iraient se fondre dans la
mémoire clonale et s'incarneraient éventuellement
dans un nouveau bourgeon.

Le Borgne se secoua. Assez tergiversé. La biche,
pas plus que lui, ne pouvait échapper à l'ordre naturel

des choses. Le vieux drocre se redressa sur ses tenta-
cules et regagna le niveau 1 de la branche C. Aussi
bien faire tout de suite ce qui s'imposait.

Il saisit un fuseur infrarouge et se dirigea vers la
cage d'Agile.

XXII

Immolation

Après sa grisante sortie à l'Extérieur, George regagne Oxford2. Un bien petit monde clos, réalise-t-il subitement.

Nigel et John, à demi assoupis, sursautent quand s'ouvre enfin la trappe. C'est la période nocturne, à Oxford2. Accroupis devant la chapelle, les deux acolytes attendent depuis déjà longtemps le retour de Geo.

Ils se lèvent et accostent respectueusement le jeune homme.

— Le prefesseur Herbert, délégué par le conciliabule, souhaiterait avoir le privilège de conférer avec vous, George.

George sourit, flatté. Ce pauvre Herbert est sans doute chargé de lui transmettre une invitation du conciliabule. Ainsi donc George va pouvoir témoigner devant l'élite intellectuelle de Londres. Que de choses à raconter ! Il va leur en mettre plein la vue !

George emboîte le pas aux acolytes, malgré la fatigue consécutive à cette journée mouvementée. La couche du prefesseur est tout près, adossée au mur juste à côté de la chapelle. Il y a toujours un certain va-et-vient dans les salles bondées, même le soir. Mais il y a moins de gens du côté de la chapelle, qui inspire toujours une certaine crainte mystique. Et les acolytes qui l'entourent veillent à maintenir dégagé un périmètre privé autour des quartiers de leur supérieur.

Ils retrouvent le prefesseur Herbert à genoux devant l'entrée de la chapelle, les yeux clos, qui médite… ou somnole. Nigel lui touche l'épaule. Herbert ouvre les yeux, se relève pesamment et fait signe à ses deux acolytes de se tenir à l'écart. Herbert se tourne vers George, l'air amène.

— Tu rentres bien tard de tes devoirs liturgiques, aujourd'hui, George. Tout s'est bien passé ?

Le jeune homme note avec plaisir le signe de respect : le pref a utilisé son nom complet plutôt que le diminutif « Geo ». Herbert semble revenu à de meilleurs sentiments. George sent le besoin de parler, de partager les merveilles dont il a été témoin. Il ne se fait pas prier pour raconter en détail sa visite hors de la chapelle. Herbert l'écoute avec grande attention, l'air concentré.

— Je crois qu'ils envoient notre sang au ciel, conclut George.

— Et pourquoi ? demande monsieur Herbert doucement. Peux-tu éclairer ma lanterne ?

Lanterne ? Le professeur adore ces vieilles expressions sorties on ne sait d'où. Pourquoi le sang au ciel ? George n'y a pas encore vraiment songé. Mais il est flatté que le pref recherche son avis.

— Peut-être… pour les maîtres là-haut.

— Ils se… nourriraient de notre sang là-bas aussi ?

George grimace. C'est dit un peu crûment. Que les maîtres boivent le sang, c'est ce que bien des gens chuchotent (comme des vampires… disait la vieille Emma). Mais d'habitude les prefesseurs préfèrent parler plus noblement de sacrifice du sang, de rituel de communion…

Herbert continue, sans vraiment le regarder, comme s'il se parlait à lui-même.

— Ainsi donc ils exploiteraient les humains ici, à Londres, et peut-être ailleurs sur Terre, pour exporter notre sang vers leur planète ?

George grimace derechef. Planète ? C'est un mot qu'il ne connaît pas. Ce gros homme à l'aspect commun a tout de même un bagage intellectuel et une capacité de raisonnement surprenants. Mais ses propos frôlent l'hérésie ! Au lieu de vénérer les maîtres, comme d'habitude, voilà qu'il les traite presque comme des ennemis !

George songe alors à l'image de la salle aux trésors.

— Quand les Seigneurs sont venus nous sauver, les humains ont-ils… tué des maîtres ?

Le prefesseur le regarde un moment, le visage fermé. Puis il soupire. Il vérifie que les acolytes sont hors de portée de voix. Déjà ils chuchotaient, mais Herbert baisse encore le ton.

— Des traditions orales se perpétuent entre les prefesseurs, dit-il. Elles sont parfois contradictoires. Il n'est pas utile, pour la sérénité du peuple, de tout révéler. Mais étant donné les circonstances, je suppose que je peux t'expliquer. Il semble que les Martiens soient venus une première fois. Les humains les ont combattus, en vain. Mais les Martiens ont été décimés par une maladie. Le prophète Wells a raconté cet épisode. Plus tard, les Martiens sont revenus. Ils avaient trouvé un antidote, l'onction sacrée, peut-être. Cette fois, ils furent définitivement vainqueurs. L'humanité fut décimée, les survivants jetés en cage.

Monsieur Herbert crache ces blasphèmes avec hargne. George, scandalisé, en reste bouche bée. Il n'a jamais été un mystique ou un fanatique. Mais, comme tout le monde, il a été élevé dans la foi. Une foi un peu automatique qui confortait sa vision du monde. Tout s'écroule.

— Mais pourquoi, balbutie-t-il... vous, les prefesseurs, vos cérémonies, vos sermons, les transes qui vous permettent d'interpréter la volonté des maîtres...

— Plusieurs d'entre nous y croient vraiment, dit Herbert. Je soupçonne fort la pâte fermentée d'être responsable d'une bonne part de ces prétendues visions. Et puis, comme je te le dis, les traditions sont contradictoires. Tout cela remonte à très loin. De toute façon, je te le répète, il est préférable pour la sérénité du peuple de lui dorer la pilule (encore une expression archaïque).

Monsieur Herbert s'anime. Il saisit George par les épaules.

— Comment était le moral, crois-tu, avant que certains de mes précurseurs s'organisent pour tempérer les choses ? Imagine la pagaille dans les cages, les premiers temps ; la résistance inutile, les pleurs et les souffrances décuplées ; les Martiens qui abattaient les plus rétifs au milieu des autres, pour donner l'exemple. Imagine les feux de l'enfer au maximum ! Aujourd'hui, les choses se font plus en douceur, grâce à notre intervention. Le peuple est plus heureux dans son abrutissement. Les Martiens nous laissent faire, parce qu'ils s'en foutent. Tout ce qui compte, pour eux, c'est le résultat. Le sang !

Monsieur Herbert s'est excité en parlant. Il s'arrête, essoufflé. Il n'a jamais élevé la voix pourtant. Il jette un coup d'œil vers les acolytes.

— Je suis un libre penseur, vois-tu. Mais, bien entendu, je ne parle pas aussi librement en général, pas devant le peuple ni les acolytes. Ni même devant la plupart de mes collègues prefesseurs des autres quartiers. La majorité me traiteraient franchement d'hérétique et s'arrangeraient pour me vouer au ciel.

Et ils auraient raison. Il faut préserver la paix de tous
ces pauvres gens qui nous font confiance.

— Alors… pourquoi me dites-vous tout cela ?
demande finalement George, d'une voix brisée.

— Pour que tu comprennes que tu agis mal, Geo.
Tu donnes de faux espoirs au peuple. Les Londoniens
viennent te voir pour que tu intercèdes en leur faveur
auprès des maîtres. Penses-tu réellement pouvoir
faire quelque chose ? Tu ne peux que leur apporter
des désillusions. Ils en éprouveront du ressentiment.
Et si tu leur parles de tes découvertes, des os, des
membres humains ou des bébés mis en conserve par
les Martiens, crois-tu réellement que ça va plaire à
nos gens ? Ils vont se poser des questions, eux aussi.
Et récriminer. Des têtes brûlées pourraient inciter à la
rébellion, qui sait. Et les feux de l'enfer risquent de
frapper à nouveau sans retenue, comme aux premiers
temps de la captivité.

— Vous voulez… que je taise tout cela ?

Le preffesseur secoue la tête.

— Ça n'a pas d'importance. Nous ne prendrons
aucun risque. Désolé, Geo.

Monsieur Herbert adresse un signe de tête aux
deux acolytes qui attendaient à l'écart. Tout se passe
très vite. À la grande stupéfaction de George, John et
Nigel lui saisissent les bras et Herbert lui plaque les
mains sur la bouche. George roule des yeux effarés,
réalisant soudain à quel point il est vulnérable ici,
seul dans le secteur des acolytes, le soir…

— Pauvre brebis perdue, déclare le preffesseur
Herbert. Loin de faire le bien, tu apportes le mal au
troupeau. C'est mon triste devoir d'extirper le mal.

Herbert pousse brutalement la tête de George
contre le mur bétonné. Mais le jeune homme se débat
(« Comme un diable dans l'eau bénite », marmonne
rageusement John). George se laisse tomber à genoux,

réussit à dégager une main et à amortir tant bien que mal le choc. Les deux acolytes le relèvent en grognant et le prefesseur empoigne de nouveau son crâne, plus fermement, pour achever sa triste besogne.

Au dernier instant, en contemplant le mur où sa tête va se fracasser, George a une ultime pensée pour Margie, qui incarne la quintessence de la vie. Plaise au ciel qu'il la retrouve là-haut !

Survient alors… une sorte de rugissement ! Le prefesseur Herbert se retrouve littéralement soulevé de terre. Et violemment projeté contre le mur. Des bras puissants saisissent les gorges des deux acolytes, frappent les deux faces l'une contre l'autre.

Big Ben.

Le mâle dominant a sauvé George *in extremis.* John, le nez en sang, s'enfuit sans demander son reste. Nigel, un peu moins couard, tente de résister un moment. Big Ben le saisit à bras-le-corps, comme dans un étau. L'autre, désemparé, adopte une posture de soumission. Bras écartés, gorge offerte, yeux clos… Big Ben pourrait lui briser les reins d'un tour de main. Mais le dominant le lâche aussitôt, grognant et haletant de fureur contenue. C'est la règle des combats rituels. Dès que l'un des adversaires accepte la domination de l'autre, l'affrontement cesse. C'est la même chose chez les rats, que George a déjà vus combattre.

Le jeune homme, stupéfait, réalise à peine ce qui vient de se passer que déjà tout est fini. Son sauveteur inattendu jette un rapide coup d'œil du côté d'Herbert. Le gros homme gît sur le sol en se lamentant. Nigel s'est jeté à genoux, toujours en posture de soumission. Big Ben crache dessus.

— File, mauviette.

L'acolyte ne se le fait pas dire deux fois. Le dominant a un rictus qui découvre ses dents. George croit à un sourire de satisfaction. Mais il réalise que Big Ben se tient le côté. C'est une grimace de douleur.

— Merci, dit George, sans vous je… Mais pourquoi…?

— Je vous ai suivis. J'avais l'impression qu'il se tramait quelque chose. C'est moi qui règle les combats dans ce cercle, et de façon honorable, pas à trois contre un. Ce tas de lard est jaloux de ton influence.

Big Ben fronce le nez de dédain pour le gros homme nu toujours prostré par terre. Son épaule saigne. Big Ben se tourne vers George, le visage soudain défait et suppliant.

— On envie ma place, mais c'est pas facile à tenir. Une vie de combats. On prend de mauvais coups, malgré le rituel. Tu dis vrai pour mon sang. Plus aussi bon. J'ai ce foutu élancement dans le ventre depuis quelque temps. Je te demande…

Sa voix se brise. Il lève les yeux vers l'alcôve au plafond. La silhouette d'un maître bouge derrière la paroi luminescente.

— Je te demande, reprend Big Ben, d'intercéder encore pour moi au prochain prélèvement. J'ai… (sa voix n'est plus qu'un souffle) J'ai peur !

Sur cet aveu, Big Ben baisse les yeux et s'éloigne à grandes enjambées. Les autres acolytes s'égaillent devant lui.

◆

George suit l'ex-dominant des yeux, conscient du fardeau que l'autre a placé sur ses épaules. Du faux espoir qu'il nourrit en lui. Que pourra-t-il faire ?

— Tu ne pourras rien y changer, fait une voix lugubre derrière lui, comme en écho à ses pensées. Et on te traitera d'imposteur, de vendu, de traître !

Le prefesseur s'est relevé, suant à grosses gouttes. Son bras gauche pend lamentablement. De sa main droite, il presse son épaule sanguinolente. Il s'est mal reçu en frappant le mur ou en tombant. Quelque chose s'est cassé sous son poids. Il lève les yeux à son tour vers l'alcôve, des yeux pleins de haine.

— À mon âge, ils n'attendront pas de voir si ça se répare. Au prochain prélèvement, mon compte est bon. Tout ça à cause de toi, Geo. Si tu continues, tu n'apporteras que mort et désolation parmi les tiens, Géo. L'enfer !

La fièvre, ou la folie, brûle maintenant dans les yeux d'Herbert. Il soulève son bras valide, serre le poing en grimaçant. George, surpris de tant d'opiniâtreté, fait front. Mais ce n'est pas après lui qu'Herbert en a, cette fois.

— L'enfer, Geo, je te le dis, hurle le pref. Regarde !

De son bras valide, Herbert frappe à grands coups de poing sur la porte close de la chapelle. Il martèle le grillage du globe jaune, qui vole en éclats.

◆

Le Gardien se pencha plus avant sur son écran d'observation. Intrigué. Malgré la pénombre nocturne, ses yeux perçants pouvaient distinguer clairement l'agitation dans l'enclos 23. Normalement, le Gardien ne s'en serait guère préoccupé. Les bêtes s'agitaient souvent, mais peu importaient leurs petites altercations. C'était inévitable... et même signe de bonne santé, en réalité. Habituellement, ces bousculades ne portaient guère à conséquence.

Mais il était curieux que cette bête grasse avec un ridicule anneau de paille au cou soit mêlée à la bataille. Le Gardien connaissait bien son troupeau. Il avait constaté que cet animal semblait avoir un effet modérateur sur les autres bêtes, comme certains de ses semblables dans les autres enclos. Qu'est-ce qui lui prenait de s'énerver ainsi, tout à coup ?

« Lenfergeojeteledis ! »

La lampe à l'entrée de sa salle de traite vola en éclats. Voilà qui dépassait les bornes ! Le Gardien ralluma l'éclairage diurne et lança un rappel à l'ordre par l'interphone :

« Alouh ! Alouh ! »

Mais le gros continua son tapage sur la porte, imitant avec insolence les sonorités drocres :

« Ouuuulll-ah ! ouuuulll-ah ! »

Cette fois c'en était trop. Le Gardien pointa le fuseur infrarouge vers le gros agité et lui roussit le poil de la poitrine. Un autre animal se tenait non loin de là (le même qu'un jeune drocre avait trimbalé stupidement jusqu'au dôme principal). Il s'écarta précipitamment.

Contre toute attente, le gros poursuivit son manège malgré le coup de semonce, hurlant de plus belle d'une voix rauque :

« Lenfer ! ouuuulll-ah ! ouuuulll-ah ! »

La marche à suivre était claire. Ce gros canasson achevait son temps, de toute façon, son lait devenait trop gras. Et il fallait faire un exemple pour maintenir l'ordre. Posément, sans animosité particulière, le Gardien augmenta l'intensité du fuseur infrarouge.

◆

L'extrémité du tube à chaleur rougit sous l'alcôve. La poitrine du prefesseur Herbert, à son tour, commence à rougir.

— L'enfer, Geo ! râle-t-il.

— Arrêtez ! crie George.

Il fait trop chaud pour s'approcher. Herbert, haletant, suffoquant, arrive encore à tambouriner sur la porte comme un forcené.

— Oulll... ah ! Oull...

Le collier de paille qui orne son cou s'enflamme soudain. George, les yeux exorbités, fixe la flamme vive. Le feu de l'enfer ! L'incantation d'Herbert culmine dans un cri aigu, puis s'étouffe en un gargouillis. Sa poitrine noircit, se creuse, laisse échapper de la fumée.

George se cache le visage de ses mains. C'est trop horrible. Mais il ne peut empêcher un autre sens de lui apporter une terrible information. Une sensation presque... agréable ! ! !

L'odeur...

C'est le même fumet qui émane de la trappe conduisant au ciel : la chair grillée !

Cela paraît une éternité. Tout est pourtant assez bref. Quand George ouvre les yeux, il ne reste du professeur Herbert qu'un gros tas de cendres. Avec, ici et là, des morceaux blancs, comme l'assemblage d'os qu'il a vu plus tôt dans la journée.

Un brouhaha s'élève dans le cercle. Une foule est accourue et a assisté en partie à l'immolation. La nouvelle se répand que le professeur a tenté de s'en prendre à George. Les maîtres l'ont puni. Tous les regards se tournent vers le jeune homme. Des regards empreints de respect, mais où percent des sentiments nouveaux. De la crainte. Du ressentiment.

« Alouh ! Alouh ! »

Le lugubre hululement résonne de noùveau dans la salle. La panique gagne les habitants. Tous se ruent vers les sorties. Il y a de la bousculade, plusieurs trébuchent, manquent d'être piétinés.

« Alouh ! Alouh ! »

C'est le maître chargé du nettoyage qui vient ramasser les débris d'Herbert.

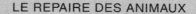

LE REPAIRE DES ANIMAUX

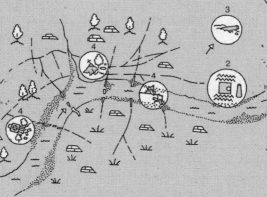

1. Fleuve (sens du flot vers la mer)
2. Station d'élevage 1 (et plantations)
3. Vers le site d'impact de la navette
4. Exemples de ruines
   (* et terriers des bipèdes sauvages)

Variété mutante (semi-aquatique)
de lichen rouge

Ruines diverses

Herbes et marais

Arbres et bosquets

XXIII

Les barbares

George va se réfugier à NorthGreenwich. Après avoir assisté à l'immolation d'Herbert, il n'éprouve plus aucune envie de poursuivre son service dans la chapelle d'Oxford.

La nuit, des cauchemars le hantent. Il revoit le professeur flamber. « L'enfer, Geo ! Tu n'apporteras que mort et désolation parmi les tiens, Geo. » Cet écho lugubre le poursuit tandis que – à sa grande honte – l'odeur obsédante de la chair rôtie le fait saliver ! Il en perd l'appétit à son réveil.

La nouvelle des événements survenus à Oxford s'est répandue jusqu'à NorthGreenwich, bien sûr. La professeure du lieu l'évite et les acolytes lui décochent des regards haineux.

Mais à NorthGreenwich comme partout ailleurs, nuit et jour un maître veille dans son alcôve translucide, et on craint de s'en prendre au Protégé des maîtres. D'autant plus que George a repris son entraînement et que les appareils installés pour Margie par les maîtres font aussi de cette zone un lieu sacré, en quelque sorte. Plusieurs jeunes gens ont continué à s'entraîner après le départ de l'Exemptée, galvanisés par son exemple. Mais ils cèdent respectueusement la place à George lorsque celui-ci s'approche.

Le temps passe. À défaut d'avoir le talent de Margie, George s'entraîne avec opiniâtreté et vigueur, pour extérioriser sa frustration. Que faire, maintenant ? Tout abandonner ? Revenir à une petite vie minable, encagée ?

Ann, par ses contacts avec le réseau des conteuses, lui a fait parvenir un message. Big Ben prie instamment George de revenir intercéder à la chapelle avant son prochain prélèvement. Ann s'est renseignée : à Westminster, d'où vient Ben, plusieurs membres de sa famille sont partis plus ou moins tôt pour le ciel. Le sang de la lignée est trop clair, dit-on, et cela remonte à leur mythique ancêtre Victoria, qui avait du sang bleu, paraît-il.

Mais Ann déconseille à son fils de revenir. Revers de fortune : on murmure contre George dans la populace. L'autorité de Ben s'effrite et il ne pourra indéfiniment le protéger. Si son sang n'est pas bon, le colosse roux risque de partir bientôt pour le ciel.

George esquisse une grimace de dépit. Il sait désormais à quoi correspondent la lueur et l'odeur, derrière la porte du ciel… Au-delà du trépas, il entend encore ricaner une voix intérieure : «Tu ne pourras rien y changer, Geo !»

Même à Greenwich, des gens le regardent de travers. Certains s'écartent quand il va boire ou chercher un peu de pâte à manger. Plusieurs, par contre, continuent futilement de lui demander mille faveurs auprès des maîtres.

Excédé, George revient s'adosser aux poutres d'entraînement, là où on le laisse un peu plus tranquille. Il mâchonne la pâte insipide en ruminant ses pensées. Il tourne et retourne une idée, comme il tourne machinalement le bracelet de paille à son poignet, ornement qui lui paraît maintenant bien dérisoire.

Quel sens donner à sa vie, désormais ? Il y a peut-être une voie possible… Mais n'est-ce pas… présomptueux ? «Tu n'apporteras que mort et désolation parmi les tiens, Geo !»

«*Allouh ! Allouh ! Allouh !*»

George ferme les yeux, excédé. L'alarme, encore ! Ce n'est pas jour de prélèvement à NorthGreenwich, pourtant ! Alors quoi, cette fois : grand ménage, chasse aux rats ?

«*Ggeg !*»

George sursaute comme si un tube à chaleur l'avait touché. Autour de lui, les gens s'écartent précipitamment. La porte de la chapelle de NorthGreenwich est ouverte. Dans l'embrasure, se tient un maître. George se lève, surpris et… content. Ce maître est aussi grand que les autres, maintenant, et ils se ressemblent tous. Pourtant, à de subtils détails, George le reconnaît aussitôt. D'ailleurs, un seul peut l'appeler ainsi :

«*Ggeg ! ggeg !*»

Will en personne est venu le chercher !

Will est bienveillant. Will s'est toujours comporté… comme un ami. Depuis quelques jours, les réflexions de George convergent dans cette direction. Pourquoi ne pas profiter de ce contact privilégié entre un être humain et un «Martien» ? À force de mieux se connaître, ne pourrait-on faciliter les relations entre les deux espèces ? George ne pourrait-il pas vraiment, en fin de compte, intercéder pour les siens ? Améliorer le sort de l'humanité ? Ce noble idéal est-il trop prétentieux ?

«*Ggeg, Oulla !*»

Anxieux, les gens de NorthGreenwich fixent le Seigneur qui s'impatiente. Le maître tient un tube à chaleur. Au plafond de leur compartiment, un autre tube noir oscille devant l'alcôve de surveillance. Enfin,

George s'avance vers la chapelle. A-t-il vraiment le choix?

◆

Il avait fallu abattre une bête enragée, dans l'enclos 23. Voilà longtemps que cela ne s'était produit. On pouvait comprendre que le petit ggeg ait pris peur et se soit réfugié dans l'enclos 17.

Le jeune Technicien s'était habitué à la présence de son animal familier. Il pourrait certainement amadouer la petite bête en la laissant assister à un événement spécial, comme l'autre jour.

Le jeune drocre vit avec satisfaction ggeg s'incliner et le suivre docilement, comme d'habitude.

Ils montèrent sur un mobile. Pour s'éviter les sifflements irrités du Gardien de secteur, le jeune Technicien passa de nouveau une laisse au cou de l'animal. Pure formalité, car ggeg était une brave bête, très calme.

◆

Une autre journée de découvertes stupéfiantes. Comme un rêve éveillé. Comment appréhender tant de nouveautés? Comment seulement les nommer? On ne peut que se laisser envahir par tous les sens.

D'abord le ciel, merveilleusement bleu, cette fois, au lieu d'être noir. D'énormes masses blanches floconneuses y sont suspendues. Par-dessus tout, un globe lumineux brille d'une intensité si éclatante qu'il est impossible de le fixer directement. Le globe irradie une chaleur un peu inquiétante. À l'intérieur de Londres, la température est plus fraîche, toujours parfaitement contrôlée… sauf lorsque les tubes à chaleur entrent en action. Que signifie cet enfer au milieu du ciel?

Luisant de mille feux sous la lumière vive, le gigan-tesque cône métallique qui a tiré un projectile vers le ciel quelques nuits auparavant se dresse toujours comme une sentinelle devant le bâtiment de Londres.

De part et d'autre, on discerne mieux aujourd'hui les grandes herbes entrevues l'autre soir. Ces herbes, rouges à la lumière du jour, poussent sur des monti-cules grisâtres et bouchent en grande partie la vue sur le paysage environnant.

Monté sur une machine à main munie d'un parasol, un maître est occupé à arracher les herbes les plus hautes. La partie souterraine est garnie de petits grains. Le maître place sa récolte dans une grosse machine bruyante qui recrache à une extrémité les tiges séchées et, à l'autre, une matière rosâtre.

George reconnaît la paillasse familière. Il tend la main vers l'autre substance et, gentiment, Will lui en offre un peu : c'est bien la pâte nutritive distribuée dans tous les cercles de Londres.

Voyant le maître travailler pour les humains, George songe spontanément aux enseignements qui ont bercé sa jeunesse : les Seigneurs sont bienveillants, ils nous ont apporté sécurité, abri et nourriture, nous n'avons à nous préoccuper de rien…

C'est Herbert qui leur enseignait cela, en édulcorant volontairement l'odieux de leur captivité. Herbert foudroyé par l'enfer. George déglutit avec peine, un goût amer en bouche.

Mais les maîtres avaient-ils le choix ? Herbert était devenu fou furieux. Il avouait lui-même être un héré-tique. D'autres prefesseurs ont la foi. Qui dit vrai ? George ne sait plus, il se sent mal sous ce luminaire céleste démesuré. Il a chaud, l'eau ruisselle hors de sa peau… ce globe infernal va le dessécher !

Heureusement, Will évite lui aussi de s'exposer trop longtemps aux feux directs du ciel. Il oriente sa machine à main dans une autre direction, vers deux hautes structures dressées sur trois pieds métalliques. George reconnaît aussitôt les chars géants des maîtres.

Will délie George. « *Oulla !* » Le jeune maître lui fait signe… de grimper ! George s'empresse de s'exécuter, à la fois ravi et immensément fier. Quel privilège lui accorde son ami Will : prendre place dans ce char comme un Seigneur !

Du haut de l'habitacle, la vue est fantastique : Londres, bâtiment carré, gris et massif, surmonté d'un dôme à l'avant ; une étonnante quantité d'eau coule à proximité ; une variété différente d'herbes rouge envahit les berges ; plus loin, les nuances de vert dominent, parsemées d'autres touches de couleurs. George n'aurait jamais imaginé tant de coloris possibles !

À peine le jeune homme a-t-il temps de s'extasier que Will s'installe à ses côtés.

« *Alouh ! Alouh* »

Un appel retentit, venant de l'autre char. Les deux machines fantastiques s'ébranlent lourdement vers une destination inconnue.

◆

Le jeune Technicien, aux commandes du tripode 2, suivit le Patrouilleur. Il s'amusait de voir les réactions de ggeg. Les yeux ronds, le petit animal poussait des cris d'excitation, tournait la tête dans toutes les directions, étonné de tout et de rien. Il fixait tour à tour les témoins lumineux du tableau de bord, les écrans indicateurs et les leviers de contrôle ; par la visière, il contemplait de l'extérieur la station d'élevage, puis les arbres, les collines, le fleuve…

Le jeune drocre ajusta le viseur télescopique et, à l'aide du zoom, montra à ggeg le parcours du fleuve, jusqu'au bras de mer qui les séparait du continent. Difficile à dire, à l'air ahuri de ggeg, s'il y comprenait quoi que ce soit.

Les deux tripodes atteignirent rapidement un endroit où le sol était marqué d'une tranchée profonde. Un site d'impact. Le sol avait été projeté de tous côtés, des troncs d'arbres arrachés, calcinés. C'est ici que le dernier cylindre avait touché terre. Un autre devait arriver incessamment. C'est pour lui faire admirer ce spectacle que le Technicien avait été chercher ggeg.

Les deux tripodes se mirent à tourner en rond. L'attente se prolongeait. Le jeune drocre, toujours impulsif, s'impatientait. Comme ggeg lorgnait avec une curiosité manifeste les ruines toutes proches, le Technicien décida d'aller faire un tour de ce côté en attendant. Il en avisa le Patrouilleur par le truchement du haut-parleur externe. Puis, à toute vitesse (pour s'amuser un peu des soubresauts de ggeg), il dirigea son tripode vers l'antique Repaire des animaux.

Envahi par la végétation, c'était un fouillis de pierres disloquées et de poutrelles tordues ; des squelettes de bâtiments qui portaient par endroits les traces calcinées des canons infrarouges ; des ponts effondrés au milieu du fleuve ; les restes d'une tour ridicule (ggeg pouvait-il faire le lien avec le tableau semblable qu'il avait vu ? Qui sait ?).

En fait, ggeg semblait fasciné surtout par les êtres vivants qui hantaient encore les ruines. Car ces lieux dévastés regorgeaient de vie : de petites choses ailées voletaient dans la végétation ; un grand animal aux pattes élancées et couronné de curieuses ramures bondit prestement à travers un mur éventré ; des *bêtes à quatre pattes aboyaient et grognaient au passage du tripode... tout en gardant respectueusement leur distance.*

Avant de faire place nette, le bétail pullulait dans le coin. À la Station d'élevage 1, on avait gardé un troupeau d'à peine plus de 16^3 têtes. Le personnel manquait pour en élever davantage. Mais un jour, si on arrivait à dresser des bêtes comme ggeg à faire une partie du boulot, on pourrait augmenter le cheptel.

Même si on avait procédé à un nettoyage intensif, il restait encore de la racaille cachée. D'ailleurs, si le Technicien s'était dirigé de ce côté, ce n'était pas tant pour satisfaire la curiosité de son animal domestique que pour s'adonner à ce passe-temps amusant :

Débusquer des bipèdes sauvages.

◆

George contemple avidement les vestiges de la ville, essayant d'imaginer les gens qui ont pu y vivre. Que mangeaient-ils, avant que les maîtres n'apportent la pâte rose ? Que faisaient-ils ? On raconte que la vie à cette époque était terrible.

George devine que ces ruines sont celles de la ville mythique d'où sont originaires ses aïeux. L'orgueilleuse cité a dominé le grand fleuve pendant des siècles, peut-être. Mais tout cela est fini, maintenant. Le Londres antique a été anéanti par les foudres de l'enfer. Seuls l'habitent encore des animaux étranges.

De petits êtres ailés défient la pesanteur. Une élégante créature aux pattes élancées, bondissant avec grâce parmi les ruines, lui rappelle Margie ; le jeune homme sent son cœur se serrer à ce souvenir. George croit aussi reconnaître des chiens, tels que représentés sur les fresques d'Oxford2, et il cherche avidement à repérer des lions ou des dragons.

Ils approchent d'une grande structure à demi effon-
drée, les restes d'un dôme qui rappelle un peu celui
de la cage de Londres, sauf pour la croix ébréchée
qui le surmonte. Soudain George écarquille les yeux,
penche la tête vivement contre la visière. Ce petit
groupe, là-bas… serait-ce possible ?

Oui, sans aucun doute. Il les voit relever la tête à
l'approche du tripode. Il voit la surprise se peindre
sur leurs traits. Des êtres humains ! Des gens qui vivent
à l'extérieur, sans les soins des maîtres !

Ils cueillent quelque chose dans un buisson. Quatre
ou cinq êtres humains. Chevelus. L'un a même les
cheveux blancs (George en est tout déconcerté : il n'a
jamais vu ça !). Un autre arbore une ridicule barbe touf-
fue ! Et ils ne sont pas nus ! C'est presque choquant
de voir ainsi le corps humain grossièrement camouflé.
C'est… barbare (pour reprendre une expression dont
il n'a jamais tout à fait saisi le sens, jusqu'à ce jour).

Will laisse échapper un drôle de son, une sorte de
claquement du bec que George n'a jamais entendu. Il
les a vus, lui aussi.

Le jeune Seigneur avance son char dans la direction des humains inconnus. Va-t-il recueillir ces pauvres
gens pour les faire bénéficier d'un confort relatif entre
les murs du nouveau Londres… en échange du tribut
du sang ?

George observe attentivement tous les faits et
gestes de son maître et ami. Peut-être, un jour, Will
lui laissera-t-il l'assister dans la manœuvre du char,
comme pour le prélèvement.

Les humains sauvages, intimidés, se sont mis à couvert sous le buisson dès qu'ils ont aperçu le tripode.
Will manipule un levier. Un projectile jaillit du tripode
en tourbillonnant et va éclater derrière le buisson. Une
fumée noire s'élève lentement, en lourdes volutes.

Comme pour les rats ! réalise George, interloqué.

Les humains sortent aussitôt de leur abri précaire et courent vers un monceau de ruines à proximité. L'un d'eux, l'homme aux cheveux blancs, plus lent, est vite rejoint par la fumée noire. Il porte les mains à son visage et à son cou, titube, s'effondre dans la fumée.

George fixe Will, incrédule. Pourquoi fait-il cela ? Ce vieillard a sans doute dépassé la limite d'âge admise aux cercles de Londres, mais… finir ainsi comme un rat… c'est horrible !

Le reste du groupe s'engouffre dans une brèche qui s'enfonce sous les ruines. Sauf le barbu qui s'est attardé pour revenir vers Cheveux blancs. Trop tard. Il se retrouve isolé. Will claque du bec encore une fois et déplace un autre levier. L'image de l'homme apparaît en gros plan, sur une plaque translucide dans l'habitacle. George lit la peur sur son visage. Will pousse le levier.

C'est instantané. Puissance maximum, sans coup de semonce. Les vêtements, la barbe, les cheveux… tout le corps de l'inconnu s'embrase. Une fumée s'en dégage. George ne peut réellement percevoir l'odeur infâme d'où il est, mais il a l'impression qu'elle lui brûle la gorge.

Le petit maître siffle d'excitation. Il y prend plaisir, c'est évident. George sent la nausée l'envahir. Dire qu'il comptait sur son «ami» Will pour l'aider à améliorer les relations entre les deux espèces ! Quelle chimère ! réalise-t-il dans un éclair de lucidité.

Le trou par lequel ont disparu les fuyards semble communiquer avec tout un réseau souterrain, dont on discerne ici et là le parcours à demi effondré. Le Martien poursuit sa chasse en tirant une bombe de fumée noire dans une des brèches. Comme le font ses congénères des arrondissements londoniens pour dératiser les égouts.

Des rats humains! L'analogie est flagrante… et dégradante! Will apparaît soudain à George sous un tout autre jour. Ce petit maître qui claque du bec n'est pas mieux que les autres. Il abat les êtres humains sans sommation. Comme une sale vermine qu'il vaut mieux exterminer. «Et moi… qu'est-ce que je suis pour lui, en réalité? Une sorte de grillon apprivoisé?» s'indigne George.

Will, tout à l'excitation du moment, ne porte aucune attention à son passager. Le voilà maintenant qui pointe son rayon ardent vers le cadavre du vieillard. George fulmine. Pourquoi s'acharner ainsi? Ce malheureux est déjà mort! Les premières fumerolles jaillissent de la forme recroquevillée, ravivant encore une fois le funeste souvenir d'Herbert. C'en est trop pour le jeune homme. Sans plus réfléchir, tremblant de rage, il tente d'écarter le tentacule posé sur le levier du canon à chaleur.

C'est pure folie, évidemment.

◆

«Oulla!» Le Technicien repoussa sans ménagement ggeg au fond de la cabine. Au dehors, la carcasse décrépie se volatilisait en belles flammes vives. C'était bien plus esthétique de faire place nette ainsi.

Agacé, le drocre considéra son animal. Ce n'était pas dans ses habitudes de s'agiter ainsi. Il fallait le dresser à bien se tenir. La chasse avait excité ggeg, apparemment. Le Technicien avait vaguement songé à l'utiliser comme appât, l'entraîner à débusquer et rabattre le gibier, éventuellement. Se pouvait-il que ggeg ne soit pas… d'accord?

Un animal domestique pouvait-il vraiment se soucier du sort des meutes sauvages? À vrai dire, le jeune drocre n'avait jamais attaché d'importance aux sentiments ou aux intentions de son ggeg. Mais si ce dernier devenait moins docile, cela cessait d'être amusant.

À cet instant, un trait de feu fendit le ciel, accompagné d'un sifflement aigu. La traînée lumineuse s'approcha très vite et s'inclina vers le sol.

« Alouh! Alouh! » L'appel du Patrouilleur à bord de l'autre tripode résonna au loin.

Le Technicien détourna son attention de ggeg. Il y avait plus important pour l'instant. Il fit pivoter le tripode et, à grandes enjambées de sa machine, se dirigea vers le site d'impact prévu.

Il rejoignit juste à temps le Patrouilleur pour profiter du spectacle. Le bolide percuta le sol dans un fracas énorme. Il laboura un profond sillon dans la terre, projetant des gravats, fracassant la végétation et faisant trembler la plaine sous les pattes des tripodes.

Enfin, avec un long crissement métallique, le projectile s'immobilisa. Un large nuage de poussière retomba lentement sur un grand cylindre à demi enfoncé dans le sol. Une navette transplanétaire venue de Rocre.

Ce n'était pas la première fois que le Technicien assistait à un tel événement. Comme chaque fois, il se sentit très fier du Clone, très fier de la technologie drocre grâce à laquelle des êtres vivants pouvaient franchir les gouffres de l'espace et survivre à cette arrivée brutale sur un autre monde.

« Alouh! » Le premier tripode s'avança vers la navette et le Technicien s'empressa de lui emboîter le pas. À l'aide des appendices articulés de son appareil, le Patrouilleur entreprit de dégager l'arrière du cylindre. Le Technicien, à l'aide de puissants jets d'eau, refroidissait la coque. Des panaches de vapeur s'élevaient au contact du métal encore rougeoyant.

Après un certain temps, des bruits sourds se firent entendre, venant de l'intérieur de la navette. Puis un bourdonnement. Une croûte calcinée s'effrita à l'arrière du cylindre et, lentement, un couvercle commença à se dévisser.

Enfin, un premier passager émergea du vaisseau. Il se traînait avec difficulté. Affronter la gravité du Troisième monde est toujours éprouvant, surtout pour ceux qui ont bourgeonné sur le monde souche. Le Technicien reconnut aussitôt ce vieux drocre à l'œil unique. Le Borgne revenait de Rocre.

XXIV

Épilogue
(Livre second)

Le cœur de George fait un bond.

Le maître borgne ! Celui qui est parti avec... George ferme les yeux, exhale un profond soupir, comme s'il s'éveillait d'une longue nuit. Après tout ce temps, il n'osait plus espérer. Son cœur manque d'éclater de joie juste à penser à celle qui, peut-être, se trouve à bord.

Il fixe intensément la gueule béante du cylindre, guette anxieusement qui va en sortir. Hélas ! le Martien borgne rentre à l'intérieur. Un autre maître paraît, manipulant des filins métalliques qui extirpent quelque chose du cylindre. George reconnaît des bidons, comme ceux qui sont chargés au départ, pleins de sang. On les ramène vides au retour, sans doute ?

Will, à l'aide de câbles articulés équipant son char, charge les bidons et diverses pièces d'équipement dans une espèce de grand panier métallique au dos du tripode. Concentré sur la manœuvre, il accorde peu d'attention à George, recroquevillé au fond de la cabine. Quant au jeune homme, indifférent à la cargaison, il ne songe qu'aux occupants du cylindre. Tout cet intervalle lui paraît horriblement long.

La crainte qu'« Elle » ne soit pas là le tenaille. Comment arriverait-il à le supporter ? Déjà, après la boucherie à laquelle il vient d'assister dans les ruines, sa vie n'a plus de sens. Jamais plus il n'acceptera d'assister l'«ami» Will à mutiler les siens !

Enfin, le déchargement est terminé. L'autre tripode se place à hauteur de l'ouverture du cylindre. Une dizaine de maîtres en sortent un à un, pour s'installer laborieusement dans un large panier plat au dos du second tripode. George les scrute intensément, retenant sa respiration chaque fois qu'un Seigneur de Mars émerge du vaisseau.

En dernier, enfin, le voilà ! Le maître borgne reparaît. Il se déplace avec encore plus de difficulté que les autres, à cause du fardeau qu'il porte : une forme enveloppée dans une sorte de couverture luisante. Quelque chose dépasse de la couverture et flotte au vent. George se lève et lâche un unique cri. Un cri de joie. Un nom. Il a reconnu les mèches blondes.

«Margie ! »

Margie l'Exemptée est revenue du ciel.

DERNIER LIVRE

Bouleversements

XXV

Les feux de l'enfer

« *Oulla !* »

Le jeune Technicien émit un sifflement irrité et donna à ggeg une bonne claque sur le museau. L'animal alla rouler au fond de l'habitacle.

Ce n'était pas une bonne chose, en fin de compte, de l'avoir amené en promenade, songea le Technicien. On ne peut jamais prévoir les réactions intempestives d'un animal. À l'avenir, mieux vaudrait le laisser moisir dans son enclos.

Roulé en boule, ggeg haletait bruyamment. Mais la correction avait porté fruit : il se tenait tranquille. Tant mieux. On pouvait s'amuser à abattre les bêtes sauvages porteuses de germes, mais ce serait dommage de devoir sacrifier du bétail sain.

Le Technicien suivit le second tripode, qui retournait avec ses passagers vers la station d'élevage.

◆

Le nez en sang, George garde les yeux rivés sur le corps de Margie.

Quelque chose ne va pas. Elle ne bouge pas. Des touffes de cheveux blonds sont emportées par le vent.

Une boule dans la gorge, George serre les dents, serre les poings. Plus rien ne compte si Margie…

Les mèches s'agitent sous la couverture portée par le Martien borgne. Elle remue la tête !

George exhale un profond soupir. Margie est vivante ! Peut-être dort-elle, simplement. Le voyage l'a épuisée, sans doute. Lentement, George desserre les poings. Il va revoir Margie, il pourra lui parler… l'embrasser !

Les deux tripodes arrivent enfin à destination. Les énormes machines s'immobilisent devant Londres. Ou plutôt… devant le grand bâtiment clos que les êtres humains agglutinés à l'intérieur ont pris coutume d'appeler Londres. Un mot informulé monte aux lèvres de George, comme un relent de vomissure. Une cage, avait dit Herbert. La cage de Londres.

Les Martiens commencent à décharger les bidons à l'aide des câbles articulés du char. George n'a d'yeux que pour la blonde passagère de l'autre tripode.

Le maître borgne et Margie, montés en dernier, descendent en premier. Margie est éveillée. La couverture luisante glisse à ses pieds quand le Martien la dépose par terre.

George sent son cœur se briser, les larmes couler sur ses joues.

Margie, la toute belle Margie de son souvenir, apparaît horriblement décharnée, le visage tuméfié, la chevelure en lambeaux. Le Martien borgne doit la soutenir. Elle se traîne à grand-peine, en boitant.

Margie, qui représentait la grâce et la vivacité incarnée, n'est plus que l'ombre d'elle-même.

George laisse échapper une plainte rauque. Une image s'impose à son esprit : celle d'un boiteux, dans la chapelle de prélèvement, quelque temps auparavant. Will l'a expédié sans façon au ciel. Margie boite.

George sent la panique le gagner à l'idée de la perdre avant même de l'avoir retrouvée.

Sans plus réfléchir, George repousse le clapet rond qui ferme l'habitacle. Il veut sortir, rejoindre Margie tout de suite, apprendre ce qui s'est passé, la réconforter, la prendre dans ses bras. La protéger.

Déjà, il est à demi hors de l'habitacle, dominant le sol.

Un tentacule puissant lui enserre le cou.

Will. George aperçoit ses grands yeux ronds juste devant sa face. Son « ami » Will. La panique se transforme en rage. Will tue les boiteux comme Margie.

Impulsivement, George serre les deux poings, les abat de toutes ses forces dans les yeux inhumains. Les poings s'enfoncent profondément dans une sorte de gelée poisseuse. Will émet un sifflement strident et desserre son étreinte.

George se précipite hors de l'habitacle, s'accroche à une patte du tripode, dans le but de s'y laisser glisser jusqu'au sol. Des tentacules aveugles fouettent l'air. L'un d'eux s'agrippe à son bras.

Will claque du bec. Une matière noirâtre dégouline de ses orbites vides. Il est à demi engagé hors du clapet, en équilibre instable au-dessus du vide.

George tire, de toutes ses forces.

Oulla! Un sifflement de surprise. Will agite les tentacules, tente de se rattraper. Trop tard. Il s'abat comme une masse au sol, quelques mètres plus bas.

◆

George manque d'être entraîné lui aussi. Agrippé au tripode avec l'énergie du désespoir, il encaisse le choc quand le tentacule se rompt. Son bras est maculé de poix noirâtre. Un lambeau de tentacule frétille encore autour de son biceps engourdi. Avec horreur,

George détache l'appendice vermiforme, qui glisse au sol.

Will gît aux pieds du tripode, secoué de spasmes. George écarquille les yeux. Qu'a-t-il fait ! C'est irréversible. Il peut se considérer d'ores et déjà comme mort.

Il reporte les yeux vers l'autre tripode. Tout est allé tellement vite que les autres ne se sont encore rendu compte de rien. Les nouveaux venus commencent à descendre du panier. Le fait d'arriver tout juste de Mars semble les rendre particulièrement lourdauds. Le maître borgne, premier à terre, s'apprête à enfourcher une machine à main qui lui permettra de se déplacer plus aisément. Margie, à ses côtés, s'est laissée choir parmi les herbes rouges contre le mur d'enceinte de Londres.

Les herbes rouges… George se souvient tout à coup de l'odeur, l'autre soir, dans cette direction. Des volutes de fumée s'échappent d'un renflement du dôme. Le convoyeur du ciel doit déboucher par là. Ou plutôt… le convoyeur de l'enfer !

Il n'y a pas un instant à perdre. Les autres maîtres se trouvent entre George et Margie, jamais ils ne le laisseront la rejoindre. L'alerte sera donnée d'une seconde à l'autre, «*Alouh ! Alouh !*», dès qu'on apercevra Will par terre.

George remonte précipitamment dans le tripode. Dans le feu de l'action, une idée désespérée lui vient. Il n'a plus rien à perdre. Sauver Margie de l'enfer, c'est tout ce qui importe désormais.

◆

À peine descendu, le drocre borgne crut percevoir un infrason de détresse. Cela venait de l'autre tripode. Que se passait-il ?

Il se hâta, péniblement, vers un module de transport, pestant contre la gravité du Troisième monde qui alourdissait de nouveau le moindre de ses gestes. Dire qu'il ne connaîtrait plus jamais la légèreté du monde souche! Le Clone l'avait renvoyé ici pour de bon, après le fiasco de son expérience avec la biche.

Pauvre Agile... qui portait désormais si mal son nom! À proprement parler, le Borgne obéissait au Clone : il allait les débarrasser de cet animal. Mais, contre toute logique, il n'avait pu se résoudre à l'euthanasier. Il s'était contenté d'engourdir la biche avec un calmant et de cautériser quelques appendices irrécupérables.

Pourquoi l'avoir ramenée sur le Troisième monde? Le Borgne devait bien se l'avouer : seul quelque nouveau débordement neuro-hormonal irrationnel pouvait expliquer cette décision!

Elle ne serait plus d'aucune utilité dans la station d'élevage. Mais une nouvelle idée avait germé dans l'encéphale fertile du Borgne : pourquoi ne pas la déposer parmi les ruines voisines, aux soins de ses congénères sauvages? C'était un peu ridicule, bien sûr, mais le Borgne se sentait enclin à l'auto-indulgence, depuis quelque temps. Ses ressources intellectuelles gaspillées à des tâches routinières d'éleveur. La gravité et l'atmosphère oppressante du Troisième monde prélevant inexorablement leur dû sur sa carcasse vieillissante, jusqu'à la fin, dans un avenir guère lointain. Une curieuse lassitude l'envahissait à cette idée.

Mais l'infrason perçu à son arrivée dissipa instantanément les humeurs moroses du Borgne. Son œil inquisiteur localisa aussitôt la provenance de l'appel de détresse : une masse sombre aux pieds du second *tripode. Ayant enfourché le module de transport, il le fit tourner vivement dans cette direction.*

Et juste à ce moment, le tripode se mit en branle.

◆

George a vu Will faire. Ça semblait si facile.

Il déplace un levier. Ce n'est pas le bon. Le tripode sautille de façon désordonnée, zigzague vers l'autre tripode. Dans un bruit de ferraille, les deux machines s'emboutissent.

Les deux tripodes entrelacés virevoltent comme des danseurs grotesques. Les maîtres qui sont encore dans le panier glissent, perdent prise, chutent par terre en poussant des sifflements aigus. Enfin les deux tripodes terminent leur danse folle en allant percuter de plein fouet un mur de la cage de Londres.

Sous le choc, une portion de mur s'écroule, écrasant un certain nombre de maîtres. D'autres sortent du dôme en toute hâte, sur leur machine à main.

Le tripode de George est resté juché plus ou moins en équilibre sur les débris du mur et de l'autre tripode. Les maîtres qui accourent au milieu du vacarme et de la confusion ignorent sa présence seul à bord et ne comprennent pas ce qui a pu se passer. Sauf ce sale borgne, peut-être, qui a son œil inquisiteur rivé sur lui.

George vise avec le verre grossissant. Voilà… Le gros œil bien au centre de la loupe… C'est lui le responsable des souffrances de Margie… Il faut l'empêcher de l'envoyer en enfer.

Cette fois, George pousse le bon levier.

◆

L'œil unique du Borgne jouissait d'une acuité perçante. À travers la visière du tripode accidenté, il reconnut avec stupéfaction le jeune veau qui suivait Agile avant leur départ. En même temps, il vit le canon infrarouge rougeoyer.

Plus le temps de rien faire.

Un feu d'artifice d'idées simultanées jaillit dans le puissant cerveau : «Maudit veau, il ne fera pas long feu, le Clone va l'abattre ; plus malin qu'on pense, ce bétail, j'avais raison de m'y intéresser ; pauvre Agile, ils vont l'euthanasier ; tant mieux pour moi, au fond, je n'aurai pas à supporter plus longtemps la déchéance et la gravité du Troisième monde ; je…»

L'œil du Borgne palpita d'horreur quand il réalisa tout à coup que ses cendres ne seraient pas réincorporées à la mémoire collective du Clone ; elles allaient se mêler à…

Cette ultime idée s'éteignit abruptement quand le puissant cerveau s'embrasa.

◆

George fixe le gros œil à travers la loupe du viseur, comme hypnotisé. L'œil gonfle, la substance interne noirâtre se liquéfie, puis se vaporise. Avec tout le reste. Une flamme enveloppe le Martien borgne. Le jeune homme grimace un sourire. Cela marche aussi bien sur eux.

Un autre maître, en bas, pointe son tube à chaleur en direction du tripode. Il a dû réaliser d'où est venu le tir, même si cela doit lui paraître incompréhensible. Le panier dorsal se liquéfie partiellement, plusieurs bidons vides éclatent en une série de détonations sourdes et le reste va rouler sur les décombres.

George vise le maître qui vient de tirer. Pouf ! Parti en fumée, lui aussi. Le jeune humain éclate d'un rire sardonique. Emporté par le feu de la chasse, il fait pivoter le levier destructeur, balayant de son rayon ardent tout ce qui se trouve devant lui : une machine à main se métamorphose en pâte métallique informe ; le gros canon qui lance le sang humain vers Mars rougit un peu, sans autre effet visible ; le dôme central de la cage de Londres se fendille au premier passage du rayon, mais au second tir… hourra ! le dôme vole en éclats !

Autour de l'engin destructeur, les maîtres ne restent pas inactifs. Les tubes à chaleur individuels sont moins puissants que le rayon ardent du tripode, mais leur tir est précis. Des boyaux se rompent en crépitant. La verrière de l'habitacle fond complètement. Débordé par le nombre, George ne tardera pas à être abattu.

Le jeune homme tâtonne fébrilement, cherchant l'autre levier qu'il a vu Will manipuler à deux reprises. Cela marchera-t-il sur les maîtres aussi ?

Le projectile, qu'il ne sait comment diriger, tombe mollement aux pieds du tripode cerné par les maîtres. Comme au ralenti, les lourdes volutes de fumées noires commencent à se répandre.

George jette un coup d'œil en bas. Le nuage toxique voile tout et monte lentement vers lui. Une portion du mur effondré de la cage de Londres se trouve à sa hauteur. George bondit sur les débris, court sur l'arête effritée du mur…

Et perd pied.

◆

Le jeune homme chute dans la plantation d'herbes rouges. Son bras engourdi prend un coup supplémentaire, mais somme toute il se reçoit sans trop de mal, car la végétation et le sol mou amortissent sa chute.

Ce sol gris… cette poudre fine soulevée par sa chute et qui retombe sur lui, ces morceaux blancs éparpillés un peu partout… George en réalise aussitôt la véritable nature.

Des monticules de cendres, parsemés de fragments d'os.

Une horreur supplémentaire.

Cela ne le surprend pas tant que ça, en fait. Inconsciemment, il l'a deviné depuis un moment. Le recyclage parfait. La pâte rose qui les nourrit doit évidemment contenir tous les éléments nutritifs essentiels. Quoi de mieux comme engrais pour les herbes rouges que les cendres humaines, n'est-ce pas ? Voilà le ciel qui attend les humains. Poussière. Tu retourneras en poussière. Est-ce un prefesseur qui a déjà dit cela ?

Ce n'est pas le moment de philosopher. Penché à demi, George court entre les hautes herbes, ses pieds nus s'enfonçant dans la cendre grise. Vers Margie.

Elle est toujours là où il l'a vue la dernière fois, adossée au mur extérieur de la cage de Londres. Elle sanglote doucement.

Ses os saillent sous sa peau desséchée. Des bleus parsèment son corps. Son bras, vierge autrefois de toute cicatrice, est marqué d'une entaille. George réalise avec consternation qu'elle a perdu un orteil et l'extrémité de deux doigts. La malheureuse le contemple d'un air hagard, comme de très loin.

Pourtant, ce visage émacié, ces mèches blondes éparses, dégagent encore pour George une aura de beauté. Il se sent submergé de tendresse. Margie est revenue du ciel. C'est l'essentiel.

Il lui sourit. Elle sanglote toujours. Il la prend dans ses bras.

—Là… Tu es de retour, ne pleure plus, c'est fini.

Une petite étincelle revient au fond des yeux de Margie.

— Fi… ni, répète-t-elle d'une voix presque inaudible.

Elle se dégage maladroitement de son étreinte. Son regard est fixé sur une grande flaque poisseuse.

— Il… m'aimait, souffle-t-elle.

Le Seigneur borgne. Son rival. Cela aussi, George le savait plus ou moins. Peu importe. Il n'éprouve aucun remords. Elle oubliera. Elle l'aimera.

Le vent disperse la fumée noire dans leur direction. On ne distingue plus rien des tripodes ni des maîtres.

— Éloignons-nous, dit George.

Margie se laisse faire. En la soutenant, George réussit à gagner une brèche dans le mur. Ensemble, ils rentrent dans la cage de Londres.

XXVI

Retrouvailles

Toute la journée, Ann s'inquiète. Elle a eu des nouvelles de NorthGreenwich. Une conteuse de là-bas a envoyé sa fille à Oxford2 avertir Ann que son fils a été expressément «convoqué» par un Seigneur dans la chapelle locale.

Qu'est-il arrivé à George? Est-il monté au ciel? Ann, les larmes aux yeux, revit en pensée la perte de son amant de jadis, le père de George. Elle presse bien fort contre elle son petit Tommy, endormi dans ses bras. Au moins, il lui reste encore un fils!

À cet instant survient un vacarme qui la fait sur-sauter, comme tout le monde autour d'elle. Les gens se regardent, interdits, cherchent la source de ce bruit inhabituel. Cela venait du sud, d'Oxford1, dirait-on. Plusieurs curieux s'y dirigent.

En d'autres temps, Ann la conteuse courrait elle-même aux nouvelles. Mais son petit pleure, dérangé par le bruit et l'agitation. Elle le berce dans ses bras pour le calmer.

Alors survient un nouvel événement, une chose inouïe qui vient bousculer les certitudes de toute une vie. Depuis toujours, derrière la paroi translucide de son alcôve, un Seigneur veille sur eux... ou les sur-veille (dit-on selon le degré de foi de chacun). Mais soudain un grondement sourd se répercute jusqu'à eux, comme un écho lointain. Simultanément, l'éclat lumineux de l'alcôve vacille, clignote... puis s'éteint tout à fait !

Les gens autour d'Ann poussent des exclamations, montrent du doigt la plaque grise au plafond. Plus aucune ombre ne s'y meut. Le Seigneur est-il encore là, derrière ?

Ann sent se hérisser les cheveux qui garnissent sa nuque depuis sa grossesse. Elle frissonne et serre plus fort son enfant pour sentir sa chaleur. Quelque chose de vraiment exceptionnel est en train de se passer. Quelque chose, elle le pressent, qui va bouleverser toute la vie à Londres.

Elle doit se renseigner, c'est sa responsabilité de conteuse. Tommy, heureusement, s'est rendormi. Avec force recommandations, Ann le confie à une amie qui occupe une couche voisine. Puis elle traverse à Oxford1.

Elle suit la foule de curieux qui se pressent vers l'autre porte, celle de ChelseaPrime d'où a retenti le vacarme, paraît-il. Mais un flux inverse d'habitants effrayés quitte ChelseaP. Ann prête l'oreille aux propos contradictoires. Les globes se sont éteints, il n'y a plus d'éclairage à ChelseaP, dit-on. Au contraire, selon d'autres, une lumière dorée surnaturelle a envahi la salle. Une porte sur le ciel ! c'est bleu, c'est vert... Non, tout noir ! un énorme monstre noir engloutit tout. Il y a des blessés. Cinq, vingt, cent ? Les rumeurs les plus folles courent.

Ann a toutes les peines du monde à se frayer un passage dans cette cohue. Heureusement elle aperçoit Big Ben et d'autres mâles costauds qui fendent la foule sans ménagement pour aller se rendre compte par eux-mêmes. Elle s'insère dans leur sillage.

Estomaquée, Ann tombe en arrêt sur le seuil de ChelseaPrime. À coup sûr, ce jour restera gravé dans les mémoires à jamais ! Instinctivement, la conteuse songe à un titre pour l'histoire fabuleuse qu'elle transmettra aux prochaines générations : « le Grand Bouleversement ».

Ann prend quelques instants pour bien observer, enregistrer dans sa mémoire les détails de cette scène incroyable. Avant tout, la chose la plus inconcevable, l'espace mythique des anciennes légendes : l'Extérieur ! Oui, ce ne peut être que cela : on voit un bout d'Extérieur à travers le mur défoncé de ChelseaPrime ! Les gens sont agglutinés autour de la brèche, sans oser s'avancer plus loin. Certains sont en pleurs, des soignants vont d'un blessé à l'autre. Car la partie du mur qui s'est écroulée a fait plusieurs victimes. Un amoncellement de gros blocs encombre tout une section de la salle. Une fine poussière de béton pulvérisé flotte partout. La porte de la chapelle est ouverte, béante. L'alcôve au plafond a éclaté en miettes. Il n'y a rien derrière qu'un fouillis de fils.

Ann grimpe prudemment sur un bloc, parmi les badauds, pour mieux voir dehors. Des formes et des couleurs comme on n'en a jamais vu. Et un gros nuage noir, tout près de la muraille. Sous ses yeux, un pauvre écervelé qui s'est aventuré à proximité tombe inanimé. Les avertissements fusent. On fait aussitôt le rapprochement : « C'est comme la mort aux rats ! » « N'approchez pas ! » « Reculez ! »

Mais les exclamations redoublent quand, par un espace dégagé, on voit quelqu'un arriver… de l'extérieur. Ann manque d'en avoir le souffle coupé, c'est son propre fils, George ! Il porte quelqu'un dans ses bras.

« L'Exemptée ! » Le mot court sur toutes les lèvres, passe comme une vague d'une salle à l'autre.

L'Exemptée est revenue du ciel. Mais… Seigneurs ! Dans quel état !

Les gens se pressent autour de Margie, grimacent, passent des commentaires apitoyés : « Comme elle est maigre ! » « Elle a perdu presque tous ses cheveux ! » « Regardez la vilaine couleur de ses doigts ! » « Et ses pieds… il lui manque un orteil ! »

La pauvre fille est plus morte que vive. Mais elle est consciente. Elle roule des yeux effarés, se recroqueville sur elle-même. Ann devine en un éclair son désarroi. Une vedette au corps parfait réduite à un objet de curiosité malsaine. Ann fend la foule et s'interpose.

— Allez, laissez-la respirer, cette petite, lance-t-elle d'une voix ferme. Faites un peu de place. Transportez les blessés plus loin ! Enlevez ces débris…

Les gens, ahuris par tant d'événements, ont besoin de leaders pour les reprendre en main. Ils s'en remettent spontanément à Ann et à quelques acolytes de ChelseaPrime venus l'appuyer. Ben et son groupe sont déjà au travail pour aider à dégager des infortunés coincés sous la pierraille.

Le regard de George s'éclaire en retrouvant le visage familier de sa mère. Ils se consultent brièvement et repèrent, parmi les blocs de béton écroulés, un empilement sous lequel une personne peut se glisser. Dès que George dépose Margie au creux de cet abri improvisé, elle ferme les yeux, soulagée, et sombre presque aussitôt dans le sommeil.

George est assailli de questions, en tout premier lieu par sa mère. Mais le jeune homme, fébrile, s'en tient à quelques recommandations : bien veiller sur Margie, la faire manger et boire si elle se réveille, la rassurer… il va revenir bientôt.

George scrute l'alcôve en miettes, la chapelle béante… Le regard fiévreux, à la fois exalté et anxieux.

George court trouver Big Ben et, après un conciliabule animé, le colosse roux et d'autres le suivent. Ils passent la brèche du mur. C'est inouï : des humains sortent à l'extérieur et aucun Seigneur ne les en empêche !

◆

Le petit groupe contourne avec précaution le nuage de mort au pied de la muraille. L'étrange vapeur commence à se résorber. Les lourdes volutes glissent lentement vers le grand cours d'eau en contrebas. Le sol humide absorbe progressivement la matière toxique, ne laissant qu'un résidu noir en surface.

À l'extérieur gisent une vingtaine de maîtres, asphyxiés par le nuage noir, brûlés par le rayon ardent ou écrasés sous les décombres. Il fallait certainement bien d'autres Seigneurs pour contrôler toute la population de la cage de Londres. Où sont-ils ?

Pendant que Ben et les autres, les yeux plissés sous l'aveuglante lumière du jour, découvrent avec fascination le monde extérieur, George cherche le cadavre d'un maître en particulier.

Enfin il l'aperçoit, un peu à l'écart du champ de bataille. Une masse sombre qui gît au sol. Les yeux crevés, un tentacule arraché, immobile… ou presque. Sporadiquement, le Seigneur déchu entrouvre le bec et aspire un peu d'air en sifflant.

◆

« Will ? »
Le jeune drocre reconnaît immédiatement cette voix. Ainsi donc, ggeg a survécu. Son premier réflexe est de fouetter l'air pour cingler l'immonde animal. Mais c'est impossible. Exposé en plein soleil, ses

fluides corporels desséchés presque irrémédiable-
ment, il doit rester en état de stase, économiser au
maximum ses énergies pour survivre.

Survivre… non pas pour lui-même. Après ce mons-
trueux cafouillis, le jeune Technicien ne mérite plus
sa place parmi le Clone, il le sait.

Son puissant cerveau, alimenté par les seuls stimuli
sonores, a plus ou moins reconstitué les événements
pendant la bataille : fracas de la collision des tripodes,
infrasons d'alerte des siens, tirs du canon infrarouge,
éclatement du dôme… Une chaîne d'événements
tellement improbables !

La technologie supérieure du Clone drocre a jadis
facilement résisté aux futiles tentatives de résistance
humaine. Mais comment auraient-ils pu prévoir une
attaque avec la puissance destructrice de leurs propres
armes ?

Il faut dire aussi que la routine de la station
d'élevage avait insensiblement engendré un certain
relâchement dans la vigilance. La grande île où ils se
trouvaient était pacifiée depuis plus d'un siècle,
hormis quelques bandes sauvages, des groupuscules
dispersés sans importance.

Le monde souche, Rocre, avait une population
limitée du fait de ses maigres ressources. Et l'inva-
sion du Troisième monde, bien que fructueuse, avait
mobilisé des énergies considérables. Le personnel
des stations d'élevage était forcément restreint.
Quelques gardiens devant les écrans d'observation
suffisaient pour surveiller le bétail.

Ggeg avait profité d'un concours de circonstances
imprévu. Mais les réactions d'un animal sont elles-
mêmes imprévisibles. Le jeune Technicien aurait dû
en tenir compte, il reconnaissait maintenant avoir
agi à la légère.

Heureusement, rien n'était perdu. Ces misérables bêtes n'étaient rien face au grand Clone drocre. Peut-être le jeune Technicien lui-même pourrait-il contribuer à réparer cette bavure, avant d'expier.

◆

Ainsi donc, Will a survécu. Mais de justesse… et pas pour longtemps, si on le laisse là. Son cuir est gris, tout craquelé. Il est en train de cuire sous le soleil au zénith.

George considère froidement son ex-maître. Prudent, il le tâte avec une longue tige métallique tirée des débris du tripode. Will exhale un peu d'air, sans réagir.

La situation est extraordinaire. D'autres maîtres peuvent surgir de partout et de nulle part, à tout moment, qui sait? Peut-être serait-il prudent d'avoir une sorte d'intermédiaire… ou d'otage? George se décide et donne quelques ordres. Tout naturellement, Big Ben et les autres s'en remettent à lui.

Ils enveloppent Will de la grande couverture métallisée qui a protégé Margie. Puis ils ficellent le tout à l'aide de câbles provenant du tripode tordu. Ils se mettent à plusieurs pour hâler Will jusqu'à la cage de Londres. Le petit groupe entre par la brèche dans le mur d'enceinte, qui donne sur ChelseaPrime.

Massée devant la brèche, la population a observé de loin George et ses camarades. Mais la plupart n'osent sortir. Les gens restent craintivement cloîtrés dans leur cercle, retiennent leurs enfants, sursautent quand un coup de vent s'engouffre à l'intérieur.

Quand George et les autres rentrent, traînant leur fardeau, les habitants se pressent pour assister à cette procession inusitée. Médusés, ils fixent l'étrange paquet brillant duquel émergent les tentacules d'un maître!

George et son équipe décident d'enfermer leur «prisonnier» dans la chapelle ouverte de ChelseaPrime. Apparemment, la porte s'est trouvée déverrouillée quand le mur s'est effondré, en même temps que s'éteignaient les globes et l'alcôve de surveillance. Le prefesseur du lieu, un homme frêle et bonasse, accourt et crie au sacrilège. Mais il s'aplatit devant le regard féroce que lui décoche Big Ben.

Will reste inerte, hormis quelques respirations intermittentes. George ne veut prendre aucun risque. Il attache solidement son «ami» sur le banc de prélèvement de la chapelle. Un petit sourire crispé aux lèvres, face à l'ironie de la chose.

Depuis toujours, ce banc, cette chapelle, sont associés au pouvoir des maîtres. Fascinés, Ben et les autres examinent ces lieux à loisir pour la première fois. George remarque le monte-charge entrouvert au plancher. Que faire? Sont-ils vraiment... livrés à eux-mêmes? George prend une grande respiration avant de se décider. Il faut en avoir le cœur net. Il est trop tard pour reculer. De toute façon, s'il y a lieu d'agir, c'est maintenant ou jamais, sinon leur compte est bon. C'est ce qu'il explique à ses compagnons.

— Allons examiner les tunnels et le dôme, je vous guiderai!

XXVII

Le ciel de Londres

En s'y mettant à plusieurs, George et ses compagnons d'aventure parviennent à actionner la manivelle qui abaisse le monte-charge. Ensuite, la petite troupe de braves prend le chemin des souterrains qui partent de la chapelle et s'étendent sous la cage de Londres.

Tous les passages convergent vers le dôme central... ou plutôt ce qui en reste. La lumière coule à profusion par la coupole éventrée et les murs disloqués. Avec précaution, le petit groupe humain examine cinq ou six cadavres de Martiens écrasés sous les décombres. Autour d'eux, des débris de plaques translucides semblables à celles des alcôves, reliées à des enchevêtrements de fils à la fonction inconnue.

George souhaiterait montrer à ses compagnons le « musée » qu'il a visité avec Will, mais tout est en miettes. Comme ils se dirigent vers une section du dôme en meilleur état, un cri rauque les fait sursauter.

— Aidez... moi !

C'est un homme ! Il gît par terre, immobile.

— Peux plus... bouger !

C'est un homme d'âge mur, très pâle, en sueur, un peu confus. Il dit venir de Victoria. La dernière chose dont il se souvient, c'est de s'être étendu dans leur chapelle, là-bas, pour son prélèvement périodique.

— Mon sang… pas bon? demande anxieusement le pauvre bougre.

Saisi d'une inspiration subite, George lève les yeux… vers le «ciel». Une sorte de passerelle déchiquetée pend dans le vide. De toute évidence, l'homme est tombé de là. À mieux y regarder, c'est plutôt un convoyeur, car on discerne les restes d'un tapis roulant. Sept autres convoyeurs suspendus convergent ainsi, au-dessus de leur tête, vers une pièce du dôme plus ou moins épargnée. Sans doute, réalise George, le soupirail par où s'échappait la fumée à l'extérieur donne-t-il de ce côté…

Un relent d'odeur familière flotte même dans l'air. George exhale un profond soupir. La maudite ritournelle hante ses pensées : «Aller au ciel… c'est l'essentiel, allélou… lah!»

Sa quête est terminée : il a trouvé le chemin du ciel… ou plutôt de l'enfer. Il s'avance, lentement, comme hypnotisé. Malgré son appréhension, il ne peut se retenir de pousser la porte de cette pièce. La porte du ciel.

C'est coincé. La porte est tordue, faussée. Des débris obstruent partiellement le seuil.

«Oullah!»

Tout le petit groupe humain recule précipitamment.

Derrière la porte close, un sifflement se fait entendre. Puis d'autres, plus fort, stridents, impératifs.

«Oullah!» «Oullah!»

Les hommes se dévisagent anxieusement. Un ou plusieurs maîtres sont enfermés là-dedans! Les responsables de la transformation des «engrais»? songe George.

La porte disjointe n'est pas hermétique. Par un interstice s'étire un tentacule. Les stridulations redoublent.

Des coups sont frappés dans la porte depuis l'intérieur.

— Qu'est-ce qu'on fait ? chuchote nerveusement Big Ben.

Sans un mot, George saisit une section disloquée du convoyeur et la pousse contre la porte. Big Ben et les autres comprennent aussitôt. En évitant soigneusement le tentacule frétillant de rage, ils consolident le rempart qui bloque l'accès au « ciel » des Seigneurs martiens.

◆

Emportant l'homme blessé de Victoria, le groupe regagne ChelseaPrime sans encombre. Ben et les autres décrivent avec force gestes et éclats de voix leur expédition à leurs congénères médusés. George se dirige aussitôt vers l'abri de Margie. Il est déçu de constater que sa mère n'est plus là. C'est une autre femme qui veille sur la jeune fille. Ann, inquiète pour son bébé dans ces circonstances extraordinaires, a préféré retourner à Oxford2, laissant à une conteuse de ChelseaP le soin de veiller sur l'Exemptée.

Margie dort toujours profondément. George se faufile à ses côtés dans l'étroit réduit et tombe de sommeil lui aussi, épuisé mais heureux.

Pendant ce temps, la lumière dorée qui baigne ChelseaP décline progressivement et ses habitants, anxieux, font face à la nuit la plus noire qu'ils aient jamais connue.

◆

— Si froid… et si seule ! halète Margie.

George a beau l'enserrer dans ses bras, elle frissonne encore des tourments endurés dans la cage de

Mars. Elle délire, dans un demi-sommeil. Ses gencives saignent et du pus suinte de ses blessures aux mains et aux pieds. Elle est épuisée et dort beaucoup.

Son corps d'apparence si frêle s'accroche à la vie, toutefois. Quand elle revient à elle, par intervalles, elle prend goulûment l'eau et la nourriture qu'il lui apporte. Elle mange et elle boit comme si elle ne devait jamais être rassasiée.

—Pas la même pâte, là-bas... immangeable, murmure-t-elle d'une voix enrouée.

Probablement parce qu'ils n'utilisent pas le même fertilisant, songe George avec dépit. Mais il n'ose avouer à Margie le mode de culture des herbes rouges tandis qu'elle se délecte, les yeux mi-clos.

Quand elle va un peu mieux, George essaie d'en apprendre plus sur son voyage. Elle n'est guère loquace.

—Un désastre ! crache-t-elle.

George s'indigne et rage contre le Martien borgne qui l'a ramenée dans cet état. Mais Margie secoue la tête. Dans son regard sombre, George lit qu'elle lui en veut de lui avoir réglé son compte.

—Il a mis l'onction sacrée sur mes blessures pour aider à guérir. Il faisait ce qu'il pouvait. Seulement, c'était... (et à ce point, sa voix se brise) si dur, là-bas !

—Ma pauvre chérie... George étend la main pour la caresser.

Elle le repousse, essuie maladroitement les larmes qui noient son regard.

—Je ne veux pas de pitié, se rebiffe-t-elle. Comment aimer... une telle loque, rage-t-elle en frappant ses côtes décharnées. Je ne veux voir personne ! Les maîtres auraient mieux fait de m'éliminer, comme tous les infirmes ! Laisse-moi !

Dévasté, George soupire en songeant à la Margie qu'il a connue, si pleine d'énergie et de joie de vivre.

— À l'entraînement, tu nous incitais toujours à ne pas lâcher, lance-t-il. Rappelle-toi !

George se glisse hors de l'abri. Il se dirige vers la chapelle. La vue du paquet ficelé sur le banc manque de lui donner un haut-le-cœur. Il se hâte de saisir ce qu'il cherche et retourne trouver Margie. Il se penche sur elle avec la pommade qu'il est allé chercher. De l'onction sacrée. Il en enduit délicatement les plaies de Margie, comme le faisait son foutu maître. Tant pis s'il lui faut vivre avec l'ombre d'un fantôme entre eux. Un fantôme borgne.

Margie, le regard buté, ne dit pas un mot. Mais elle le laisse faire.

◆

— Ça pue là-bas ! lance Big Ben.

Le colosse roux tient conciliabule avec George, de retour du dôme où il est allé surveiller ce qu'il advenait des Seigneurs enfermés au « ciel ».

— J'ai sursauté quand celui-là a filé entre mes jambes, rigole Ben.

Il brandit par la queue un rat mort, la tête écrabouillée. Intercepté d'un solide coup de talon alors qu'il se faufilait par un interstice de la porte tordue.

George grimace. Les rongeurs ont dû trouver une manne de cadavres humains à l'intérieur. Est-ce l'idée qu'un rat se fait du paradis ?

— Fait encore plus chaud qu'ici, là-bas !

Ben, en sueur, s'essuie le front. Les ventilateurs se sont arrêtés quand les commandes du dôme ont volé en éclats. La température a monté dans tous les cercles. Quant à la pièce métallique où sont enfermés les Martiens, elle se trouve directement exposée aux rayons ardents du soleil.

— Plus un son à l'intérieur, poursuit Ben. Sauf un couinement de rat à l'occasion. Celui qui est sorti tenait un morceau de cuir brun dans la gueule. D'après moi, conclut-il avec un large sourire, nos chers maîtres sont définitivement partis pour le ciel.

Cela paraît inconcevable. Les puissants Seigneurs qui ont gouverné leur existence auraient tous péri ? George se souvient de la photo de ce maître mort, jadis. Herbert a parlé de mystérieuses maladies qui les ont décimés avant l'usage de l'onction sacrée. Serait-ce encore la même chose ? Ou simplement l'effet de la chaleur, eux qui viennent d'un monde froid, au dire de Margie ? En tout cas, dans tous les compartiments, les alcôves se sont éteintes en même temps qu'à Oxford. Et depuis, on n'a revu nulle part les Seigneurs.

— C'est nous les maîtres, maintenant, clame Ben avec un rictus féroce qui découvre ses canines.

◆

George tend le rat à Margie.

— Il n'y a plus beaucoup de pâte à manger. Peut-être que ça pourrait t'aider à refaire tes forces… la queue, c'est délicieux.

Margie grimace. Elle fixe curieusement la bête morte, comme perdue dans ses pensées. Puis elle tourne son regard vers le garçon et, lentement, une ombre de sourire passe sur son visage.

— Merci, Geo, tu es gentil. Tu sais, mon maître… je veux dire, le Seigneur borgne, il a eu la même idée. C'est incroyable, il y avait des rats en cage, là-bas, des drôles de rats difformes. Je n'ai pas été capable d'en manger, même à demi morte de faim, je l'ai jeté, je ne voulais pas décevoir le maître…

Pour une fois, Margie confie ses souvenirs à George. Quand le maître lui a apporté le rat, elle s'est forcée à surmonter son dégoût. Même à Londres, elle n'avait jamais fait cela. Elle a grignoté la queue, même si son ventre se révulsait à chaque bouchée. Au moment de planter ses dents dans la patte poilue, un tressaillement presque imperceptible l'a fait sursauter : le rat vivait encore ! Il respirait, de façon presque imperceptible, et fixait Margie, de ses yeux mi-clos, sans bouger.

C'en était trop pour Margie. Son ventre ne gardait rien depuis des jours, en proie à des crampes continuelles. Peut-être que son estomac ne fonctionnait plus à cause de ces infects lichens rouges. Elle a vomi, une infâme bouillie de bile, de résidus d'herbes et de fragments de queue, tandis que son maître lui tournait le dos. Malgré son extrême faiblesse, Margie a eu la présence d'esprit de faire disparaître le rat par la bouche d'aération au sol.

— Le Seigneur borgne était mon seul appui dans cet endroit étrange. Il ne fallait pas qu'il s'imagine que je n'appréciais pas son cadeau. Mais maintenant, Geo, ça me lève le cœur de voir ce rat ! Excuse-moi !

Penaud, George s'apprête à quitter leur abri de béton en emportant le cadeau repoussé. Encore une fois, il n'a fait que reprendre les idées de ce maudit borgne !

Elle le retient.

— Attends… il y a une chose que je veux te dire… quand j'étais si seule, là-haut, ce n'est pas du Seigneur borgne que j'avais envie. Je pensais beaucoup… à ce gentil garçon et à ce que je lui avais dit… si jamais revenais. Mais je suis si moche, maintenant…

George dépose le rat et revient vers Margie est encore fragile. Il l'enlace tout doucement moment. Un instant d'éternité. Le ciel n chercher ailleurs.

XXVIII

Purgatoire

— Si ce n'est pas bon pour les maîtres, ce n'est pas bon pour Tommy !

À son tour, Ann refuse la queue de rat que lui offre George. En d'autres temps, elle a déjà goûté cette « friandise ». Mais depuis qu'elle allaite son bébé, la conteuse est plus circonspecte.

— Les anciennes règles ne tiennent plus. C'est nous les maîtres, maintenant, réplique George en reprenant les mots de Big Ben.

— Maîtres d'un beau chaos ! maugrée Ann.

Tandis que Margie dormait, George a confié à la conteuse de ChelseaP le soin de veiller sur elle. Il est venu à Oxford2 rendre visite à sa mère et, à travers elle, prendre le pouls des cercles de Londres.

Ann, toujours au courant de tout, ne se fait pas prier pour lui donner les dernières nouvelles. À plusieurs reprises, cependant, elle doit s'interrompre pour tenter d'apaiser le petit Tommy, campé sur sa hanche, qui pleurniche sans arrêt.

— Il a mal dormi la nuit passée, l'excuse-t-elle. Il y avait trop de va-et-vient. C'est tellement encombré, avec tous ces réfugiés de Chelsea ! Pauvres gens, je les comprends, remarque, je ne voudrais pas remettre les pieds là !

George acquiesce sans mot dire. Ni lui ni Margie n'ont réussi à trouver le sommeil la nuit passée. Et une partie de la population de ChelseaP, terrorisée, a fui vers les cercles voisins. Par la brèche du mur, étincelaient des zébrures lumineuses terrifiantes dans le ciel, accompagnées de bruits effroyables. Des trombes d'eau poussées par des rafales se sont engouffrées dans ChelseaP. Heureusement les caniveaux ont évacué l'eau, mais les paillasses détrempées sentent mauvais.

Dire qu'ailleurs c'est le contraire ! s'exclame Ann. On manque d'eau dans Thames, Dock et Pub. Les boyaux sont à sec depuis le premier jour du Grand Bouleversement. Leurs égouts sont engorgés.

Ann raconte que les habitants de ce coin doivent aller dans les autres cercles chercher leur eau ou se laver. Greenwich est débordée. Les potentats de Kensington, revenant impunément à leurs velléités dominatrices, imposent un droit de péage, payable en paille propre (dont le cours monte, car les vieilles paillasses s'effritent).

Ann s'interrompt pour chasser d'une main impatiente les bestioles volantes qui cherchent à se poser sur la chair tendre de Tommy. Toutes sortes de nouvelles créatures plus ou moins dégoûtantes se sont immiscées dans Londres par la brèche dans le mur. Certaines mordent ou piquent douloureusement.

Le premier jour, de très nombreux curieux se sont pressés hors de l'enceinte de Londres… sans trop s'éloigner. Mais les étranges conditions à l'extérieur troublent les plus braves : le soleil aveuglant, trop chaud ; le sol inégal, les cailloux qui blessent les pieds nus ; le vent qui agite follement les herbes rouges ; les bruits inquiétants d'animaux inconnus ; la lune et les étoiles suspendues dans le vide, qui pourraient se décrocher et vous tomber dessus à tout moment; et cet orage horrible, hier, comme dans les anciennes légendes d'avant la Sainte Invasion!

Le Grand Bouleversement a fait des victimes. Quatre morts et plusieurs blessés lors de l'effondrement du mur de ChelseaP. À l'extérieur, un homme s'est noyé en s'aventurant dans l'eau du fleuve qui coule près de Londres. Un enfant s'est enlisé dans un marais près de la rive. Et deux personnes ont été très malades après avoir mangé des petits fruits inconnus cueillis à l'extérieur.

Il faut dire que la nourriture commence à poser un sérieux problème dans toutes les salles. Les uns après les autres, les distributeurs de pâte se vident.

George a révélé l'origine de la pâte rose. Peu importe. On s'est rué sur les dernières réserves dans les distributrices. Maintenant que la pâte est épuisée, les gens récoltent les herbes rouges elles-mêmes, en piétinant les cendres. On n'a pas réussi à faire fonctionner les machines à pâte. Il faut se résoudre à mâchonner l'herbe crue. Non traitée, elle a un vilain goût métallique, nauséeux. Ça calme un peu les ventres affamés, mais plusieurs ont des coliques et de la diarrhée à la consommer sous cette forme. Et une fois toute l'herbe cueillie, faudra-t-il lui fournir d'autres «engrais» pour une nouvelle récolte?

Tout en grignotant la queue de rat, George continue d'écouter sa conteuse de mère:

— Le pref Neville, de ChelseaP, a immigré à Oxford2, puisque ce poste est… vacant ici. Le pauvre homme est complètement dépassé par les événements. Il a envoyé des émissaires demander conseil à la doyenne du conciliabule. J'ai appris qu'elle va venir en personne de Westminster.

Ann fait part aussi à son fils de la grogne qui règne chez plusieurs jeunes, privés de leur fête d'initiation par les récents événements. Certains ont entrepris d'arracher eux-mêmes leurs poils inesthétiques. La pref de St. Paul a adapté le rituel de passage à la vie adulte en lacérant les jeunes de ses propres ongles. Ce nouveau sacrifice du sang attire aussi nombre d'adultes désemparés.

Ann s'interrompt, car l'éclairage baisse subitement, clignote quelques instants, puis revient à la normale. Cela arrive parfois, un peu partout dans Londres, depuis le Grand Bouleversement. Ann serre frileusement son petit contre elle.

— Qu'est-ce qui va nous arriver... si les globes s'éteignent définitivement ? se lamente-t-elle. Si tout Londres se retrouve plongé dans l'obscurité ? S'il n'y a plus de nourriture ? Plus d'eau ? Que va devenir mon petit Tommy ?

George sent un reproche dans le regard de sa mère. Elle n'est pas la première à lui lancer ce regard. Les conditions deviennent difficiles partout dans la cage de Londres, George s'en rend bien compte. Mais c'est une étape nécessaire. Les gens vont bientôt devoir réaliser qu'il n'y a qu'une seule chose raisonnable à faire.

— Il va falloir... s'habituer à vivre dehors, maman, répond-il doucement.

◆

— Tu as apporté la désolation parmi les tiens, jeune homme, déclare sentencieusement la doyenne Helen.

La phrase frappe George comme un coup de poing. La prédiction d'Herbert !

— Non, se rebiffe George, je vous ai apporté la liberté ! La liberté, comprenez-vous !

Ils sont à ChelseaP, où la doyenne des preffesseurs vient de célébrer une cérémonie à la mémoire des

Seigneurs disparus, invoquant leur clémence. Autant Herbert était dodu, autant cette Helen de Westminster est mince et sèche. Mais son air décidé et autoritaire en impose à tous les fidèles et aux acolytes qui l'entourent. Plusieurs notables venus des autres cercles se sont joints à cette assemblée. Même Ann s'est décidée à y assister.

— La liberté, dis-tu ? réplique froidement la doyenne. Qu'est-ce donc ? Liberté de périr sous les décombres (de son regard perçant, elle fait le tour de l'assemblée qui compte plusieurs proches des victimes) ? Liberté d'avoir faim, de souffrir d'insolation, d'être harcelé par des bestioles répugnantes ou victime des périls extérieurs ? Alors que les maîtres veillaient à notre sécurité et comblaient tous nos besoins ?

Des murmures approbateurs parcourent la foule des fidèles. George tombe des nues. Quand les gens comprendront-ils ? Il mériterait d'être traité en héros, lui semble-t-il. Il essaie de leur expliquer d'autres besoins, celui de décider soi-même de son destin ou de découvrir le monde. Mais les mots ne lui viennent pas facilement, ce sont des concepts difficiles à expliquer quand on n'a jamais connu autre chose que la vie en cage. Le jeune homme évoque les autres êtres humains entrevus dans les ruines, pour prouver que d'autres modes de vie sont possibles, mais le portrait qu'il en trace, barbes et haillons grotesques, obligation de chercher la nourriture parmi la nature sauvage, provoque surtout la répulsion. L'incrédulité, aussi. Helen sent bien le pouls de l'assemblée.

— Je crains que ce jeune présomptueux n'ait plus tous ses esprits. Croyez-vous réellement qu'il aurait pu terrasser à lui seul nos puissants Seigneurs ? Non, mes amis, croyez-moi, ce Grand Bouleversement est une épreuve pour éprouver notre foi. Trop souvent, partout dans Londres, en chuchotant ou même à haute voix, plusieurs d'entre vous ont douté de la bonté des Seigneurs. Vous voyez, en leur absence, comme ils nous manquent. Réalisez-vous maintenant comme était douce la Terre promise qu'ils nous ont donnée ?

Les approbations fusent. Le visage d'Helen s'éclaire. Ses yeux étincellent. C'est une mystique, réalise George. Elle y croit vraiment, contrairement à Herbert.

— Alors, mes amis, ayez la foi ! lance-t-elle d'une voix vibrante. Il faut prier les Seigneurs de revenir ! J'appelle tous les notables à donner l'exemple. Témoignez de votre foi pour recevoir la grâce des Seigneurs.

La doyenne se tourne vers la chapelle commune à Chelsea et à Oxford. La chapelle où est enfermé Will !

— Demandons pardon au maître qui repose encore ici ! Prions-le de réparer les dégâts et de ramener l'ordre dans Londres. Qu'il intercède pour nous auprès des Seigneurs qui sont au ciel. Fidèles, suivez-moi !

Helen se dirige d'un pas décidé vers la chapelle. Le prefesseur local et ses acolytes, de même que des représentants d'autres cercles venus assister à la cérémonie, lui emboîtent le pas.

Un certain flottement agite l'assemblée, puis Brent, le second d'Oxford, s'avance, suivi d'autres mâles haut placés dans la hiérarchie ; ensuite vient un artisan réputé et même… une conteuse bien connue : Ann !

George, bouleversé, se précipite vers sa mère et lui saisit le bras.

— Maman, arrête ! Qu'est-ce que tu fais ? On ne peut revenir en arrière. Pense à ton enfant ! Tu veux qu'il grandisse ici ?

Ann a confié Tommy à une autre fidèle. Elle jette à George un regard douloureux.

— Mon pauvre Geo... c'est justement à lui que je pense ! À la sécurité de mon bébé. Il est hors de question de l'exposer aux dangers inconnus de l'Extérieur !

Elle se libère de l'emprise de George et continue à suivre la procession des notables vers la chapelle de ChelseaP.

George se tourne vers Big Ben.

— C'est de la folie, s'écrie-t-il. Il faut les empêcher !

Le colosse roux triture pensivement sa barbe naissante, tandis que Brent et d'autres subordonnés, à l'entrée de la chapelle, lui jettent un regard de défi. La douleur au côté continue de le tenailler par intermittence. Il sait qu'il n'aura pas toujours le dessus.

— Bah ! Trop bien dressés par leurs maîtres, marmonne-t-il avec un geste fataliste. Le Seigneur les emporte !

La doyenne Helen entre la première dans la chapelle, à genoux, les bras en croix.

XXIX

Épilogue
(Dernier livre)

George, dévasté, n'a plus qu'une chose à faire. Pénétrer une dernière fois dans l'antre du maître.

Rouge, le globe vire au rouge. Le dernier homme de la file de volontaires entre. Jaune, le globe. Attente. Puis rouge de nouveau. George s'avance.

La masse sombre de Will domine le centre de la chapelle. On l'a délivré de ses liens. La couverture métallisée repose sur le sol.

Sa respiration est rauque, ses gestes lents. Mais le cuir du Martien, flasque et terne la dernière fois que George l'a vu, a retrouvé un peu de tonus et de couleur. Will tient une pipette. Un peu de sang perle à son bec. À ses pieds, pâle, exsangue, repose le corps de la professeure. Helen s'est montrée très brave, à sa façon.

Pour les autres, Will s'est contenté d'une gorgée chacun. George cherche des yeux sa mère parmi les fidèles qui se sont prêtés au sacrifice du sang. Elle est bien là, parmi ces hommes et ces femmes réunis en demi-cercle autour du maître, humbles et fervents, une petite plaie ronde au bras. Ann soutient fièrement le regard de son fils.

Les yeux vides du Martien se tournent vers l'entrée de la chapelle. Ses tentacules frémissent, sauf le moignon qui pend, inerte. Peut-il sentir la présence de George, le reconnaître par quelque sens inhumain ? Le jeune homme s'avance lentement. Une stridulation rauque rompt le silence.

« *Ggeg ?* »

Le dernier Seigneur de Londres soulève la pipette et la pointe en direction du jeune rebelle.

◆

Ggeg… L'ouïe aiguisée du jeune Technicien a reconnu les harmoniques particuliers du pas de la bête infidèle.

Pendant sa captivité, s'isolant mentalement de son état d'extrême faiblesse corporelle, le puissant cerveau du drocre a continué d'analyser sans relâche la situation.

Plus aucun son provenant des ventilateurs, température à la hausse… les contrôles environnementaux avaient bel et bien flanché. Le brouhaha qui parvenait du troupeau indiquait que les bêtes ne s'étaient pas encore dispersées… mais s'agitaient beaucoup.

Il s'agissait de tenir encore un peu.

La prochaine navette en provenance de Rocre n'était pas prévue avant une lunaison. Par contre, il y avait les autres stations d'élevage…

La Station 1, en effet, n'était pas la seule. C'était la première parce que le Débarquement initial avait eu lieu dans cette région. Mais cinq autres stations d'élevage étaient aujourd'hui disséminées sur le Troisième monde, une sur chacune des principales terres émergées. Elles contrôlaient ainsi l'ensemble du globe, même s'il était impossible de le « nettoyer » totalement des bipèdes sauvages qui se terraient partout.

Chaque station était autonome, mais les membres du Clone gardaient des contacts réguliers entre eux.

Quand la Station 1 ne répondrait pas à l'appel, prévu pour la prochaine révolution planétaire, on agirait aussitôt. La plus proche station sur le continent voisin enverrait sans tarder des tripodes de reconnaissance par-delà le bras de mer.

Le Clone n'aurait que faire d'un membre mutilé; le jeune Technicien expierait pour son insouciance. Mais, au moins, la Station d'élevage 1 pourrait être remise en fonction. Les instincts du troupeau domestiqué depuis si longtemps s'étaient émoussés. Les bêtes humaines étaient devenues irrémédiablement dépendantes de leurs éleveurs drocres. Le lait rouge qu'on venait volontairement de lui offrir en était la meilleure preuve. Le jeune drocre sentait son énergie métabolique se régénérer peu à peu.

Au sortir d'une si longue stase, il lui faudrait un certain temps pour retrouver toute sa vitalité. Mais, en attendant l'arrivée d'autres membres du Clone, il se devait de limiter le plus possible les dégâts. Première priorité, éliminer cette bête enragée responsable de tout.

Les pas s'approchaient. Le jeune drocre concentra toute l'énergie disponible dans ses appendices, prêt à les détendre à une vitesse foudroyante.

« Ggeg » sifflota-t-il le plus doucement possible, pour ne pas effaroucher l'animal qui se livrait à lui avec une totale inconscience.

◆

— Montre-toi digne des hommages que te rendent ces gens, petit Seigneur. Et veille bien sur eux. Quant à moi, voici mon offrande.

George se campe bien en face du Martien aveugle. Posément, soulevant des exclamations scandalisées autour de lui, il dirige un jet d'urine vigoureux vers le Martien.

Des tentacules claquent, accompagnés de sifflements stridents. George est resté prudemment hors de portée.

— Adieu, sale bête !

George tourne les talons et quitte à grandes enjambées la chapelle de ChelseaPrime, sans un regard derrière lui.

◆

— Alors ? Que décides-tu ?

George se tient accroupi à l'entrée du réduit où se terre toujours Margie. En quelques mots, il lui explique la situation. Il a un projet. Le temps presse. Il faut se décider sans tarder. Margie soutient son regard sans sourciller. En attendant sa réponse, George songe à quel point elle reste belle à ses yeux, malgré son corps meurtri.

Margie est encore faible. Son corps aurait besoin de plus de repos, pour récupérer et se réhabituer à la « lourdeur » qu'elle ressent depuis son retour. Mais elle a une force de caractère peu commune. Ce projet lui ouvre un nouvel avenir qui fait étinceler son regard.

— Je n'ai plus rien à faire ici, dit-elle. Après avoir été jusque sur Mars, crois-tu que j'hésiterais à découvrir notre propre monde ? Je t'accompagne.

Un franc sourire éclaire son visage. C'est la première fois depuis bien longtemps.

Péniblement, avec l'aide de George, elle s'extirpe de son cocon de béton et délie ses membres ankylosés, ignorant les regards curieux braqués sur elle.

Un groupe les attend.

— Penses-tu qu'on va te laisser jouer au héros tout seul, morveux ?

Un instant, George reste interloqué. Il a fait part de son projet à Big Ben. Le colosse s'avance, jovial, et lui flanque une grande claque dans le dos.

— On est avec toi !

Le geste sacrilège de George envers le dernier Seigneur, s'il a scandalisé la majorité des gens, a aussi fouetté la fierté de plusieurs. Il y a là une cinquantaine de personnes, venues de tout Londres : plusieurs jeunes, comme ces deux gamins qui chassaient le rat avec Rex ; des gens plus âgés, comme Big Ben, qui n'ont plus rien à perdre ; Nigel, l'ex-acolyte qui a perdu la foi quand il a surpris les paroles d'Herbert juste avant son immolation ; des audacieux, que la perspective de l'aventure exalte, ou des intellectuels hérétiques, en quête de nouvelles connaissances. Et un autre, qui arrive en traînant de la patte :

— Attendez-moi ! lance-t-il d'une voix chevrotante.

C'est l'homme de Victoria, le blessé qu'ils ont sauvé du ciel *in extremis*. Un jeune couple le soutient. La fille lui ressemble beaucoup, ce doit être son père.

Ému, George lui serre la main, de même qu'à quelques autres. Mais l'heure n'est pas aux épanchements. George les convainc qu'il faut se hâter. Agir vite. Un autre cylindre rempli de nouveaux maîtres peut arriver de Mars à tout instant, qui sait ?

Il faut partir. Tout de suite. Quitter ces lieux où ils sont nés et ont toujours vécu.

Une grande fébrilité règne parmi le groupe. Une foule les entoure. Il y a des adieux déchirants, des disputes, des imprécations, des larmes. Ann se tient à quelque distance, son petit dans les bras.

— J'ai essayé de la convaincre, chuchote Big Ben. Rien à faire. Sa décision est prise.

George et sa mère se dévisagent un moment, en silence. Puis Ann baisse les yeux et plaque un sourire sur son visage. Elle se tourne vers Margie et déclare, du ton un peu théâtral qu'elle adopte devant un auditoire :

— Votre groupe aura besoin d'une conteuse, jeune fille. Quelqu'un pour tenir la chronique des événements et transmettre aux futures générations l'histoire nouvelle que vous entendez créer. Que ce Grand Bouleversement soit pour vous un Nouveau Commencement. Allez !

Sur ce, le groupe s'ébranle. Comme Margie éprouve quelques difficultés, George offre de la soutenir. Elle secoue la tête, mais lui tend la main.

— Ça va aller, dit-elle.

Nouveau livre

Commencements

Une nouvelle Histoire s'ouvrait à ces émigrants. Ce Nouveau Commencement serait à inventer chaque jour. La vie ne se limiterait plus à un présent toujours semblable, sans expérience à tirer du passé ou sans projet d'avenir. Après une longue parenthèse, ils allaient réintégrer le cours de l'Aventure humaine.

C'était excitant. Et inquiétant. Quelle vie les attendait, au-delà des cercles de béton qu'ils connaissaient si bien ? Des ruines se dressaient plus loin le long du fleuve, leur assurait leur jeune guide. Des ruines où vivaient d'autres êtres humains. Une vie difficile, sans doute. Mais affranchie des vampires d'outre-monde.

Ainsi donc, ces hommes, ces femmes et ces enfants qui osaient être libres franchirent la brèche dans le mur et quittèrent définitivement la cage de Londres.

◆

Une nouvelle ère commence sur Mars. L'animal qui se cache dans un coude du conduit d'aération deviendra un jour une figure mythique de l'histoire du Quatrième monde.

Le rongeur halète dans l'air ténu et glacial. Des gouttes de sang perlent de sa queue mutilée. Mais déjà cette rate est la survivante d'une sélection implacable qui s'est déroulée dans sa cage natale. Elle porte quelques mutations favorables, pelage épais, museau trapu, cage thoracique hypertrophiée, efficience métabolique, qu'elle transmettra à ses descendants. Car si ses flancs sont gonflés, ce n'est pas qu'elle soit dodue, la rate, mais plutôt parce qu'elle porte des petits, qui donneront naissance à une dynastie.

Sur le Monde originel, déjà, ses prolifiques ancêtres ont toujours fait preuve d'une grande capacité d'adaptation. Ils se sont répandus dans tous les milieux. Ici aussi, la sélection naturelle va jouer et les espèces les plus aptes l'emporteront.

L'invasion du Quatrième monde est commencée.

◆

Les Martiens perdront un jour leur emprise sur la Terre. Pour une raison qui restera longtemps inexpliquée, les cylindres assurant la liaison avec la planète rouge se feront plus rares. À la fin, ces échanges cesseront complètement. Les derniers envahisseurs, mal adaptés aux conditions terrestres et coupés de tout contact avec leur planète d'origine, péricliteront lentement. Des survivants humains vont se multiplier et s'organiser autour de leurs installations. Ils offriront de plus en plus de résistance aux extra-terrestres déclinants.

On raconte, mais peut-être est-ce là une légende, que leur dernier bastion à Londres fut pris d'assaut par des troupes en haillons qui y trouvèrent une seule de ces créatures, un très vieux Martien aveugle et semi-impotent ; il aurait, paraît-il, retourné contre lui-même son rayon ardent.

◆

Dans un futur lointain, les vaisseaux rutilants de l'espèce humaine atteindront le Quatrième monde. Mais ce ne seront plus alors des créatures tentaculaires qui seront maîtres du globe rouge. Les envahisseurs humains, à leur grand étonnement, y retrouveront plutôt de lointains cousins de leur Monde originel.

Quelle sera l'attitude des êtres humains ? Respect des autres formes de vie ou tentative de domination, voire d'extermination ? L'avenir le dira...

POSTFACE

L'écrivain britannique Herbert-George Wells (1866-1946) est un pionnier de la science-fiction. On lui doit des classiques tels que *The Time Machine* (1895), *The Island of Dr Moreau* (1896), *The Invisible Man* (1897) et, sans doute son roman le plus célèbre, *The War of the Worlds* (1898).

À cette époque, les scientifiques discutaient beaucoup de la possibilité d'une vie intelligente sur Mars. En 1877, l'astronome italien Schiaparelli avait cru y discerner des «chenaux» (*canali*). L'Américain Percival Lowell construisit en 1894 un observatoire pour cartographier ce qu'il croyait être des canaux d'irrigation artificiels. Ce n'est qu'en 1971 que la sonde américaine Mariner 9 put photographier *Valles Marineris*, un gigantesque canyon naturel aux abords de l'équateur martien, de même que les imposants volcans mentionnés dans *La Cage de Londres*.

La Guerre des mondes a fasciné plusieurs générations de lecteurs, inspiré nombre d'auteurs et suscité plusieurs adaptations, à la radio, à la télévision et au cinéma. En 1938, par exemple, le comédien Orson Welles déclenche une psychose historique aux États-Unis lors de la radiodiffusion (trop) réaliste du récit de cette invasion... la veille de l'Halloween. En 1953, au cinéma, les tripodes font place à des engins volants qui évoquent les mystérieux U.F.O (*Unindentied Flying Objects*). Le réalisateur Tim Burton traite plutôt *Mars Attack* sur le mode humoristique, en 1996. La même année, un autre «produit dérivé» envahit les écrans : *Independence Day*. La bactérie qui vient à bout des envahisseurs y est remplacée, modernité oblige, par un virus… informatique !

On pourrait allonger la liste. Mais le fait est que, de nos jours, ces adaptations dont l'action est géné-ralement transposée et modernisée sont sans doute mieux connues que l'œuvre originale. Or *La Cage de Londres* se base sur le texte de H.-G. Wells lui-même. Le meilleur conseil à donner aux lecteurs qui n'ont pas lu *La Guerre des mondes* ou s'en souviennent peu serait de (re)lire cette œuvre magistrale d'un grand auteur. Mais en voici déjà un bref résumé.

L'action se situe en Angleterre tout au début du XXᵉ siècle. Le «*Livre premier*» décrit «*L'arrivée des Martiens*». D'étranges lueurs sont d'abord obser-vées sur la planète Mars (Wells s'est basé ici sur une observation effectivement rapportée à l'époque). Puis, un «météore» tombe sur la Terre. On découvre bientôt qu'il s'agit de cylindres lancés de Mars (par un im-mense canon, suppose-t-on, peut-être inspiré par Jules Verne). Des créatures tentaculaires en sortent et foudroient avec leur Rayon Ardent les émissaires de paix venus à leur rencontre. L'action est décrite du point de vue d'un narrateur terrien, témoin impuis-sant des événements. On n'a donc pas vraiment le «point de vue» des Martiens, mais le narrateur spé-cule sur leurs motivations et leur «psychologie» :

Leur monde est très avancé vers son refroidis-sement, et ce monde-ci (la Terre) *est encore encombré de vie, mais encombré seulement de ce qu'ils consi-dèrent, eux, comme des animaux inférieurs. En vérité,*

leur seul moyen d'échapper à la destruction qui,
génération après génération, se glisse lentement vers
eux, est de s'emparer, pour pouvoir y vivre, d'un astre
*plus rapproché du soleil.**

L'incrédulité fait place à la panique quand d'énormes
appareils tripodes sèment la destruction à l'aide de
rayons caloriques et de vapeurs toxiques. Face aux
troupes de l'époque victorienne, les envahisseurs
ne subissent que des pertes légères ; leur supériorité
technologique balaie bientôt toute résistance, comme
le décrit le « *Livre second* » : « *La Terre au pouvoir
des Martiens* » (on ne sait guère ce qui se passe ailleurs,
toutefois, toute l'action est concentrée dans le sud de
l'Angleterre et aux abords de Londres). Et on découvre
bientôt l'horrible mode de nutrition des Martiens :

*Ayant recueilli le sang d'un être encore vivant
– dans la plupart des cas d'un être humain – ce sang
était transvasé au moyen d'une sorte de minuscule
pipette dans un canal récepteur (...) Ils se l'injec-
taient dans leurs propres veines.*

Coup de théâtre : à la fin, quand tout semble perdu,
seules les bactéries, inconnues sur Mars, viendront à
bout des terribles envahisseurs.

Ainsi se termine *La Guerre des mondes*, sur la
victoire par défaut des Terriens. Mais que réserve
l'avenir ? La série de projectiles s'est interrompue après
dix coups, sans doute « *quelque chose de dérangé
dans leur canon* (mais) *ils sauront bien le réparer* ».
On a d'ailleurs cru discerner un projectile entre Mars
et Vénus. Et, surtout :

*Une question, d'un intérêt plus grave et plus uni-
versel, est la possibilité d'une nouvelle attaque des
Martiens.*

---

* Traduit de l'anglais par Henry D. Davray, Mercure de France,
1900 (pour cette citation et les suivantes).

Dans *La Cage de Londres*, cette seconde attaque a effectivement eu lieu. On a développé cette uchronie en partant de descriptions de Wells pour l'aspect des Martiens, les tripodes, les « machines à main », l'herbe rouge, la fumée noire, ou les brèves allusions à leur mode de reproduction (par bourgeonnement) et à leurs « provisions de voyage » (des fragments de bipèdes siliceux de leur propre monde).

Wells nous a aussi laissé une piste pour imaginer ce qu'il adviendrait après une victoire des Martiens. Un passage rapporte une discussion entre le narrateur, réfugié dans un quartier dévasté, et un artilleur. Ce dernier philosophe sur l'avenir :

Aussitôt qu'ils auront fait taire nos canons, détruit nos chemins de fer et nos navires, terminé tout ce qu'ils sont en train de manigancer par là-bas, ils se mettront à nous attraper systématiquement, choisissant les meilleurs et les mettant en réserve dans des cages et des enclos aménagés dans ce dessein.

(...) Pour ces gens-là, les Martiens seront une bénédiction : de jolies cages spacieuses, de la nourriture à discrétion ; un élevage soigné et pas de soucis (...) Au bout de peu de temps, ils seront entièrement satisfaits. Ils se demanderont ce que les gens pouvaient bien faire avant qu'il y ait eu des Martiens pour prendre soin d'eux. (...) Il y a des tas de gens, gras et stupides, qui prendront les choses comme elles sont, et des tas d'autres aussi se tourmenteront à l'idée que le monde ne va plus et qu'il faudrait y faire quelque chose. Or, chaque fois que les choses sont telles qu'un tas de gens éprouvent le besoin de s'en mêler, les faibles, et ceux qui le deviennent à force de trop réfléchir, aboutissent toujours à une religion de Rien-Faire, très pieuse et très élevée, et finissent par se soumettre à la persécution et à la volonté du Seigneur (...). Les cages de ceux-là

*seront pleines de psaumes, de cantiques et de piété,
et ceux qui sont d'une espèce moins simple se tour-
neront sans doute vers – comment appelez-vous
cela ? – l'érotisme.*

*(…) Très probablement, les Martiens auront des
favoris parmi tous ces gens ; ils leur enseigneront à
faire des tours et, qui sait ? feront du sentiment sur le
sort d'un pauvre enfant gâté qu'il faudra tuer. Ils en
dresseront, peut-être aussi, à nous chasser.*

*(…) Ceux que les Martiens domestiqueront devien-
dront bientôt comme tous les animaux domestiques.
D'ici à quelques générations, ils seront beaux et gros,
ils auront le sang riche et le cerveau stupide – bref,
rien de bon. Le danger que courent ceux qui res-
teront en liberté est de redevenir sauvages, de dégé-
nérer en une sorte de gros rat sauvage… Il nous
faudra mener une vie souterraine, comprenez-vous.
J'ai pensé aux égouts (…) Quelques jours de pluie
sur Londres abandonné en feront des logis agréables
et propres (…) Il y a aussi les tunnels et les voies
souterraines de chemin de fer. Hein ? Vous com-
mencez à y voir clair ?*

Voilà, H.-G. Wells lui-même ayant tracé le chemin,
il s'agissait d'extrapoler à partir de ces lignes direc-
trices pour bâtir *La Cage de Londres*. C'était aussi
l'occasion de dévoiler des « aspects nouveaux » sur
les Martiens sans trahir le roman initial. Avec, bien
sûr, mes hommages respectueux – et quelques clins
d'œil – au maître Will… pardon, Wells.

Jean-Pierre Guillet